SANDRA VANBREMEERSCH

LA DAME COUCHÉE

roman

ÉDITIONS DU SEUIL
*57, rue Gaston-Tessier, Paris XIXe*

ISBN 978-2-02-148665-0

www.seuil.com

À Eden et Egon, mes êtres d'amour,
et à ceux dont le temps devient silence.

I

Le décor

« Ouh ouh… ! » ELLE m'appelle. Les deux petits mots dévalent l'escalier dans un cri aigu provenant du premier. Cet aboiement fluet me remonte dans le dos et la décharge m'explose au cerveau. Je sors de ma sieste ou du poulet à enfourner, je réunis mes membres, prête à détaler, et je réajuste le tablier de ma condition. J'appuie sur le bouton « Meudon ».

Ça vient de sa chambre. *The* chambre. La pièce feutrée aux voilages roses, aux tatamis rouges et aux murs beiges déchirés. Du sol au plafond, une parade de miroirs. Et partout qui déborde, l'accumulation du temps sur les choses qu'on garde.

Au centre, SON lit, un tombeau de pharaonne au sommet d'un empilement de draps, de plaids et de matelas. Elle est nue, presque transparente. L'Impératrice de Meudon porte sur son visage tous les chemins de sa vie et ceux d'une mort certaine. Creux, bosses, rivages et cascades de souvenirs dialoguent avec l'inéluctable disparition.

À Meudon, il y a un pic à gravir plus haut que les sommets du haut de la ville, c'est la montagne de la Dame couchée. Trônant sur l'Histoire et accessoirement sur Paris, perchée sur son tout petit lit, dans le fatras de bouquins, de tentures élimées, d'Inde, de Chine et de voyages si loin de sa mémoire, la Lili de Céline continue de danser dans sa prison de l'âge.

Au fil des jours et des années, les miroirs de la chambre collectent dans la bibliothèque du silence tous les reflets du temps qui passe. Quand je les croise j'espère m'y voir, mais l'image est si grise ou si floue que seul un fantôme pourrait s'y reconnaître. « Ouh ouh », je suis l'un des fantômes de la maison.

Elle m'appelle, donc. Avec ce caprice existentiel dans la gorge qui réclame. Mais quoi ? Une tartine ? Ma présence ? Ou est-ce pour se plaindre de son corps souffreteux ?

« Donne-moi à boire », « J'ai faim », « Je souffre ».

« Il fait beau aujourd'hui ? », « On n'ira pas au jardin ? », « On est en octobre ? ».

On accepte l'incessante répétition des besoins des siens et de ses enfants, mais celle de cette vieillesse au-delà des vivants, on a du mal à la supporter. Elle est à l'orée d'un monde qui nous échappe. Je ne suis pas armée pour cela et j'avais d'autres projets que celui de voir tout mon être voué à disparaître dans la plainte ininterrompue du silence et dans les hurlements de désirs jamais satisfaits d'une ancêtre. Est-on jamais prêt à l'effacement de sa personne ?

Alors je monte l'escalier, je quitte mon canapé, celui négocié avec les instances dirigeantes (l'Avocat de Madame) pour pouvoir mettre sous mes fesses encore jeunes autre chose qu'un vieux cuir pourri infesté d'acariens, de poils de bêtes et d'humains, vestiges d'une époque où le Tout-Paris de Meudon ripaillait de poulets rôtis, pommes rissolées, gâteaux et bries, le tout arrosé des champagnes, portos, vins et potins. Et je passe sur les parfums capiteux des femmes qui se mêlaient aux fragrances des huiles essentielles de l'entrée. Mélange détonant que cette alchimie olfactive dans l'air ambiant de Meudon. Si tant est qu'il y ait jamais eu, ici, un air, un souffle, une bouffée de quelque chose de respirable…

Donc, je monte. Entre le canapé et la chambre du premier. Parfois je la vois rouge, cette chambre, si je regarde le sol. Parfois je la vois rose si j'espère voir le ciel, un ailleurs, un dehors, le nez collé aux rideaux. C'est comme les fous entre la porte et les murs, entre le sol et le plafond. Faut bien s'occuper, se distraire. Chercher un point d'accroche, un jeu avec soi-même pour rester en vie. Alors je compte, d'année en année, les trous qui se sont formés dans les tatamis, me disant que le temps décidément creuse d'indomptables crevasses jusque sous nos pieds. Mon esprit vogue de déchirure en déchirure sur le rouge de la chambre, quand parfois un orteil se tord sur un bout d'écorchure grise dont les filaments couleur sang deviennent aussitôt poésie. Lorsqu'on est enfermé la moindre ligne un peu souple devient attachante, presque amie. Si je m'écoutais je parlerais à ces fils décousus qui jaillissent des tapis.

« Petite ligne souple, as-tu bien dormi ? », « Raconte-moi », « J'ai faim », « Je souffre ».

« Mignonne, quel est ton prochain voyage ? », « T'es-tu résignée comme moi à quelques circonvolutions silencieuses pour te sentir vivante ? »

Et le lit est là. Et Elle ne bouge pas. Mais les trous se forment.

Un jour, la tenture au-dessus du lit a presque cédé, déversant toute la poussière accumulée du siècle dernier. Je me disais bien que ce dais gracieux semblait trop bombé. Eh bien voilà, dans le poids de la chute il y avait celui des années. Comme une avalanche du passé qui s'est à demi effondrée sur l'ancêtre. Dans une dernière danse elles se seraient enlacées, la tenture et la Dame, mélangeant l'une à l'autre particules et bagatelles du temps.

Au lieu de cela, et avant que dans un dernier souffle l'une ne se fasse manger par l'autre, on a séparé la Dame de sa vieille jumelle de tissu agrippée au plafond. Le petit monde domestique de Meudon s'est affairé à dégager vite fait bien fait l'humaine ensevelie et à nettoyer, pour ne pas dire sacrifier, ce beau dais indien dont les lambeaux, sous l'implacable efficacité de la javel et de la fureur purificatrice de ma collègue Angélique, disparaissaient un à un en volutes grises. Et hop ! Un souvenir de moins. Celui juste au-dessus de son regard, son ciel et son seul voyage encore, son zénith, troqué pour un air plus sûr.

J'y suis. Sur le seuil de la chambre. Après l'escalier qui craque comme des gaufrettes sous mes pieds et happée par l'hyper chaleur du gros radiateur bleu du palier qui chauffe hiver comme été. Je pousse la porte de saloon, j'entre en scène, mais j'ai rien à dégainer, bam bam bam rien à dégainer, personne au bar, aucun visage à l'horizon, juste la lueur d'une vieille lampe qui annonce un nouveau court-circuit. Quelque chose va encore mourir dans cette maison, c'est sûr… Stop ! Lucky Violette s'arrête, c'est pas son jour. Je quitte le film sur le constat désarmant du temps qui passe immobile dans le vide de mon cerveau.

« Oui ? Tout va bien Madame D. ?
– Viens ma chérie, viens voyager avec moi, on part…
– OK Madame D., on part ! »

J'approche. Grand canyon de son visage, ombres rouges ombres creuses, nulle cascade. C'est fou comme la vieillesse vous file une sensation d'intarissable soif. On part dans son désert. Je ferme les yeux. Les siens sont clos, comme toujours. Je me glisse dans un pli du visage, mon Dieu qu'il est lisse ce pli, et si fin, pire que du papier à cigarette. On décolle. Avec sa vieille carcasse et son port de danseuse on va marcher très loin d'ici. Fini le radiateur fou, bye bye les fils des tatamis, adieu les voilages bon marché en pétrole rose et le frénétique lave-vaisselle qui crache une vapeur puante (c'est sûr il va mourir avant elle celui-là aussi !), ciao capricieuses chasses d'eau et meubles-solitudes qui gémissent du soir au matin, on part… La Veuve Canyon et moi on s'en va ! Voyage. Je l'accompagne en pays Mort. Calme, calme et légèreté. La végétation nous talonne, de ses tentacules fous et sauvages. Ils ont déjà pénétré la salle de danse, ils seront bientôt dans l'escalier, un jour je ne pourrai plus ouvrir, pire, je ne pourrai plus refermer, la porte de ma chambre… Toto sur une épaule et main dans la main on décampe !

Non, ce n'est pas vrai. Je divague. Juste une escapade imaginaire de ma condition sans condition. En fait il fait froid, c'est la mer glaciale de toute sa vie. Elle me raconte Céline. Elle me raconte les chauves-souris qui volent au-dessus de ses danses dans l'hiver pour tenter de se réchauffer. Survivre. Danemark. Prison. Solitude. Violences. Et elle me glisse un « J'ai faim ». Bam ! je retombe sur la terre ferme.

La suite, c'est l'indicible. L'indicible que vivent les personnes accrochées au corps des autres, nurses, assistantes de ci, de ça, « de vie » comme on dit, aides-soignantes et autres professions qui ont le salaire teinté de la charge puissante mais ingrate des corps démunis. C'est un secret qu'on porte en soi, avec soi, partout. On retourne à sa vie avec toute l'intimité d'un autre. On baigne dans un corps qui ne nous appartient pas et qui se répand dans le nôtre. Faut-il être fou pour vouloir ça.

Car ce corps, il existe. Il est de pierre et de poussière, d'odeurs et de larmes, immobile et souple, léger comme l'air et lourd comme une montagne, il est habité du temps qui passe le temps. Son voile si fin qui l'habille d'une peau si fine est une énigme que je peux tout juste déchiffrer au bout de tant d'années, si brèves dans le chemin de ses années à Elle.

Et ce petit mastodonte, inerte et si lourd à déplacer, pourtant encore si élégamment vivant, il faut le laver. Je me demande pourquoi tant de surface existe sur le corps des vieux. On dirait qu'ils grandissent quand ils sont immobiles. On s'attache à ne pas oublier chaque pli caché sous les autres. On n'en vient jamais à bout. Pourquoi tant d'espace entre la tête et les pieds ? C'est magistral cette vieillesse ! On n'a pas idée de l'escalade qui nous est réservée !

Cette vieille branche, accrochée comme du lichen à la vie, il faut la soulever comme on hisse une vieille souche et mon cerveau divague : allez, une traction, une-deux une-deux, on corrige sa position pour ne pas se casser le dos, oh hisse oh hisse ! Devenue bûcheronne je me dis que l'effort maintient hors du désespoir causé par l'ingratitude de la tâche. L'effort comme béquille et comme arme contre la disparition de l'être. À défaut d'avoir un nom, il me reste l'athlétique identité de mon corps en mouvement.

Mais il y a encore le parchemin à crémer, attention à ne pas déchirer la peau-papier au passage. Et la bête à nourrir. Mais où sont les dents, bon sang ? Elle en a pourtant, pourquoi fait-elle cette affreuse grimace avec la langue pour enfouir toute substance dans la caverne de sa bouche ? Les vieux ont cette fâcheuse habitude de dessiner tout l'espace autour de ce qu'ils avalent, ça crée des béances habitées par un monde d'émotions buccales qu'on ne soupçonne pas. Au creux d'une compote se glisse langoureusement le rivage de la cuillerée, celui-là même qui vient se fracasser en écume de plaisir sur le bord de la lèvre et laisse franchir le navire-langue pour sucer encore un peu le sel de la vie… Que le corps est avide quand le corps repose ! Une compote et c'est l'extase.

La peau est presque invisible. Comment peut-on avoir tant de choses à cacher sous une peau si fine ? Les yeux sont clairs mais me voient-ils ? Ces billes bleu pâle aux liserés blanchâtres, ni cils ni poils ni plus rien qu'un fil de super glue biologique qui s'étire entre le bas et le haut à chaque tentative d'ouverture sur le monde. Voir. Voir à travers des barreaux de colle humaine. Prisonnière de ton âge, vieille dame, que vois-tu derrière ton diaphane portail ?

Les doigts tordus sont si sales, ongles pénétrants gorgés de champignons en tout genre. On dirait qu'ils veulent se sauver, ces ongles abîmés, noircis, striés et mats comme une écorce pas encore tombée. Pieds déformés, la danseuse s'est modelée en sculpture. Un orteil par-ci un autre par-là, se croisant au bout de la ligne du pied. Drôle de figure à l'esthétique vagabonde, la Dame est devenue création. Son corps c'est un pic, c'est un art, que dis-je, c'est une apparition !

Voici posé le décor de ma vie à Meudon chez Lucette Destouches, dite la Veuve Céline.

II

Le téléphone sonne

« Oui ?

– Bonjour, mademoiselle. Nous avons reçu votre candidature et nous avons une mission à vous proposer en tant qu'assistante de vie pour un remplacement de l'été. Mais c'est une mission particulière.

– Oui ?

– Il s'agit de s'occuper de la veuve de Louis-Ferdinand Céline et personne ne veut accepter ce poste…

– Ah ? Pourquoi ?

– Ben… parce que… Céline… », avec une gravité dans la voix qui devient plus basse, comme un secret, une honte dans le fond de la gorge.

Silence.

« Et c'est un temps complet alors que vous demandiez à travailler à mi-temps.

– C'est-à-dire ?

– Il vous faudra être sur place quatre jours et quatre nuits consécutifs tous les quatre jours, c'est un temps complet.

– Merci, je vais réfléchir, car je suis en doctorat et je ne peux travailler qu'à mi-temps. Je vous rappelle. »

J'en parle à Victor, que je suis en train de quitter. Il trouve cela extraordinaire ! Il me propose que l'on se partage ce travail : chacun un mi-temps.

« C'est incroyable, Violette ! Entrer chez Céline ! Même gratuit, on y va ! »

Je n'ai jamais lu *Voyage au bout de la nuit*. Je ne connais que la BD de Tardi que j'ai dévorée enfant dans la chambre de mon cousin préféré. On dit que c'est l'un des plus grands romans du XXe siècle, le *Voyage*, une claque, un choc, que le type est un génie. Qu'il est haï, admiré. Et sa gueule, je la vois, ce truc dans le regard qui me fait penser à l'un de mes ancêtres qui, une genette sur l'épaule, lançait dans le noir et blanc de l'image un regard bleu comme l'acier. Céline ! Un truc de dingue quand même ! Je dis oui.

C'était l'an 2000 et on avait survécu à son fameux « bug ». Dans notre appartement qui sentait fort la tristesse des adieux au siècle dernier et à notre amour épuisé, Victor et moi passions le temps de la séparation au milieu des cartons empilés. Quand, soudain, l'ultime objet rescapé de notre vie à deux, resté planté là sur le sol pour je ne sais quel « dernier appel », s'était mis à sonner.

J'avais postulé dans une agence d'aide à la personne pour financer mes études supérieures. Une idée, comme ça, inspirée de mes souvenirs d'enfance dans la maison familiale de province où je jouais au bridge avec mes grand-tantes et leurs mains ruisselantes de bagues. J'admirais déjà les articulations ridées de leurs doigts tordus, les ongles bien faits plus ou moins crochus, et la peau liquide de leurs membres sans âge, parfois blanchâtre, parfois verdâtre. On se servait des jus et des thés, de savoureux biscuits bien mis dans des assiettes en porcelaine fleuries, et j'écoutais leurs récits « que les moins de 20 ans ne peuvent pas connaître »… La première voiture de l'arrière-grand-père, les escapades en Normandie, les amants disparus, les bombardements et les dentelles du temps, et tous les détails des vêtements faits sur mesure à Paris.

Gorgée comme un sucre du sirop provincial d'une petite bourgeoisie qui me laissait un goût de luxe relatif et déchu, je décidai alors de me mettre dans la peau de ce que j'avais toujours connu : le quotidien des vieilles choses du passé qui brillent comme de beaux bijoux.

Après m'être essayée à diverses tâches subalternes propres à ma condition estudiantine, vendeuse, professeur particulier ou encore modèle vivant, cette année-là j'eus la fantasque idée d'entrer dans le manège enchanté des « gens de maison », persuadée que ma compagnie serait non seulement bonne (sans jeu de mots !) mais particulièrement appréciée du monde des ancêtres fortunés et bien éduqués.

On parle souvent du désir d'ascension sociale. On rêve d'argent, de statut, de pouvoir, de liberté, d'éclairer le monde ou d'y briller. On ne parle jamais du choix de la descente de classe. Qu'est-ce qui, là, peut nous faire rêver ? Rien, me direz-vous. Et pourtant… Il est des aventures qui se vivent à l'intérieur et qui n'ont pas toujours l'apparence d'une flamboyante épopée. Il y a des destins que personne ne voit mais qui cimentent, d'une façon ou d'une autre, les pierres de notre humanité. À ce moment-là de ma vie, mon choix était guidé par un mélange de fantaisie et de curiosité, et par une assurance à toute épreuve. Biberonnée à une mère sociologue, ma vie avait été dictée par l'évidence de l'existence de la lutte des classes et protégée par la certitude que je resterais, *ad vitam aeternam*, plus ou moins dans celle du dessus, tout au moins du milieu, qui est déjà, par rapport à d'autres, celle du dessus. La confiance que j'avais en mon appartenance sociale était comme un cadeau du ciel qui me permettait de tout expérimenter avec une certaine aisance, un innocent recul et une bonne dose d'aplomb.

C'est donc à la fois gonflée comme un bœuf et attirée comme une mouche par l'inconnu de la bascule de classe que je choisis d'aller voir, de l'autre côté du miroir, le mythique paysage empreint d'histoire littéraire, de fantasmes et de mystères liés qui s'offrait à moi. Sans un seul instant imaginer ce que cela représentait d'aller « en bas », à quel point on peut être ignoré, disparaître. Et qu'aucune issue jamais ne nous est donnée. L'effacement, je ne pouvais l'anticiper. Ça, pour moi, c'était dans les livres ou dans les films, mais la « vraie » vie soumise et le pouvoir de ceux qui soumettent je ne les connaissais pas. L'intello voulait mener son enquête de terrain et l'artiste éprouver la pure expérience de rentrer dans l'opportunité fantasque qui se présentait là. Un coup de dés. En décidant de servir l'extraordinaire ordinaire des « gens du dessus », je ferais comme Alice, j'irais visiter mon monde à l'envers. J'allais devenir bonniche de moi-même ! J'allais m'auto-employer. Luxe, hérésie, fantaisie ou défi, le sort en était jeté.

À une heure ou quelques minutes près, ce téléphone n'aurait jamais sonné. Et me voilà embarquée dans le convoi de l'été pour Meudon avec Victor. Le voyage ne devait durer qu'un été, il a duré vingt années.

*

Meudon, c'était un coup de dés lancés pour l'envoi, mais à la fin, Destouches, je vous préviens, je touche !

III

L'arrivée

Jupe agnès b. et talons hauts vissés, cheveux bien peignés et polo blanc immaculé, toute neuve j'arrive à Meudon pour l'aventure de l'été.

Je monte la route des Gardes, prends fermement l'angle serré du chemin caché, et, longeant le muret sur de méchants pavés, j'approche. Des quatre maisons, ma promise est l'avant-dernière. On m'avait prévenue. Pas évident de la trouver mais une fois devant on ne peut pas la louper ! Ni l'oublier.

Sonnette inefficace et grand portail bleu délavé me plongent dans un temps qui m'est inconnu. Habillée d'une sévérité polaire, l'étrange maison fantôme me fait face. De hautes fenêtres me regardent, sans volets, sans cils et sans sourire, toutes prêtes à m'avaler.

Dressée en surplomb d'un jardin désordonné encerclé de dallages gris et enfoui sous des buis centenaires et de rudes conifères, la maison toute carrée me toise sans sourciller. Amazone de pierre, l'austère demeure combat bien au-delà du jardin. Le lierre dégoulinant du sol aux gouttières me grimpe déjà dans les veines. Et mon corps est saisi d'enchantement. Je m'abandonne. La sève de Meudon qui commence à suinter se mélange au mascara de mon innocence. Respirer, un grand coup, pour éviter les chaotiques pavés déglingués. Aboiements de chiens, cri strident d'un oiseau au loin, l'accueil est sévère et je monte vers la porte de côté, l'entrée cachée de la maison.

En chemin, postées comme des fidèles gardiennes, les deux vasques bleues du jardin de Céline veillent sur cette terre secrète et sur un fatras de pots, de roses et de mauvaises herbes. Le désordre du lieu semble s'être figé dans un silence souverain. L'édifice est un ogre. J'ai l'impression d'être dans le conte de Hansel et Gretel tout droit attirés par la maison de leur perte.

Une femme aux cheveux courts m'ouvre la porte, un peu laide, un peu invisible, dont l'élocution me rappelle mon enfance en terre picarde.

« Je vais vous présenter à Madame. Vous devez l'appeler "Madame", et par exemple quand vous servez le thé vous devez dire : "Le thé est servi, Madame." » (Dans quel guet-apens suis-je tombée ?)

« Bien, allons-y. » (Trop curieuse de voir la bête que personne ne veut approcher.)

Je franchis la porte. Et l'odeur me monte au cerveau. Une odeur de fleurs passées, puissante, agressive, une odeur comme une armée de parfums qui voudrait batailler avec moi jusqu'à la mort de mes sens. C'est huileux, c'est vomissant, c'est attirant, c'est sucré, c'est moisi, c'est vieux, c'est aigu, je n'en peux déjà plus !

Et je comprends. Au bas de l'escalier, sur un meuble rabougri près d'une lampe japonaise, trône un large panier d'osier rempli de milliers de pétales de roses sur lesquels on a dû verser régulièrement des huiles essentielles en tout genre : géranium, rose, pavot, lavande et citronnelle. À ce test olfactif, comme si ça ne suffisait pas, se mêle une puissante fragrance de jasmin et des effluves de Guerlain côté *Shalimar* ou *Chamade*… Du lourd, quoi !

Ça y est, je suis tout imprégnée. On m'a imbibée de parfums jusqu'à la moelle. Le monstre est là, quelque part, ici, déjà en moi, rentré par mes trous de nez, me piquant les yeux, bondissant sur chaque pore de ma peau. J'ai la nausée. C'est un test ? C'est sûrement un test. Je tremble comme une feuille. Je crois que je vais vomir. Il faut tenir bon.

Tout à coup un tintamarre de « diiing ! » et de « dooong ! » venus de je ne sais où me sort de mon cauchemar olfactif et me ramène sur terre. Le sol carrelé de l'entrée à moitié cassé. Rongé jusqu'au ciment, le fameux sol que les pas de l'écrivain voûté ont tant de fois foulé.

La musique entêtante provient d'un carillon exotique de bois et de métal suspendu à la rambarde de l'escalier, qui résonne à chaque fois que par mégarde on bouscule son fragile équilibre. Maintenant que j'y pense, quoi de plus logique que la Danseuse aux pattes de velours ait installé à cet endroit précis un objet de malheur qui nous révèle les corps maladroits que nous sommes. Toute l'adresse durant vingt années aura consisté, entre autres, à ne pas faire hurler ce désinvolte totem qui juge discrètement mais tout aussi sévèrement les malhabiles âmes de passage.

C'est sûr, il y a du chat dans cette maison, un je-ne-sais-quoi de subtil qui danse autour des pièges de la vie et joue avec les êtres comme avec une pelote de laine. Et l'on m'indique le chemin de ma potence. Je monte l'escalier.

La dame un peu laide m'ouvre la porte de saloon de la chambre du premier étage et reste en retrait. Les chiens me suivent, immenses. L'un bave et a l'air un peu triste, c'est Fun, l'autre a une tête et des yeux de biche et sautille comme une gazelle, c'est Roxane. Je sens que celle-là elle n'est pas commode, elle est aérienne, elle saute par-dessus les portes et fait trembler l'escalier. Fun, lui, vous suit comme on cherche son chemin, vieux Robinson au cœur tendre qui refait toujours le même tour de son île, à la recherche de quoi ?… Fun le clown triste et Roxane la danseuse.

Le loquet de la porte battante se ferme. Je suis seule face à la Dame couchée. Mes talons sur les tatamis rouges flamboyants. Ils s'enfoncent dans le sol et je perds un peu l'équilibre. Je me sens tout apprêtée, ridiculement engoncée dans cet univers de théâtre. Ma vie de Paris ou d'ailleurs n'a plus de sens, je pourrais être à poil que ce serait la même chose. Tout ce que j'apporte, moi en quelque sorte, n'a plus qu'à se dévêtir, pour le dire poliment. Je peux abandonner mes croyances, mon tailleur et ma singularité. Je voulais venir et j'y suis ! Je sens que le piège se referme et qu'il est enivrant, de toute façon c'est trop tard. On m'a bouffée. Je n'ai plus que la peau de mon cerveau et mes os pour pleurer. Mais quelle extase de se sentir à ce point dépossédée au premier contact… J'étais loin d'imaginer le prix de ma disparition.

D'imposantes étagères en bois et rotin qui retiennent dans un désordre joyeux des chemises, tuniques, plaids et étoles m'indiquent la hauteur phénoménale du plafond et l'aisance de l'espace. C'est une ville dans la chambre ! Une architecture verticale qui s'empile comme un jeu de construction trop grand avec tous ses petits habitants : mites, punaises et acariens toutes origines confondues !

Des buildings de linge dressés contre un horizon forcé par des miroirs géants. Du blanc, du rouge, et quelques beiges par centaines à tous les étages… je comprendrai très vite que ce sont Ses couleurs.

Sur la gauche, une échelle monte au ciel et accueille les tentures, vertes, roses et aux reflets moirés. Au centre de la chambre le plafond est masqué par un dais indien suspendu par des fils gris mousseux de poussière. Ça me fait penser aux toiles d'araignée, qui, une fois leur utilité achevée, se gorgent de saletés et deviennent enfin visibles pour nous, chasseurs de poussière, de toiles et d'araignées. Ici aussi il semble s'être formé un dépôt sur l'inutilité des choses, une fois le temps de l'œuvre consacré, de l'homme et de la danseuse achevé.

En face, deux fenêtres longues et gracieuses gardent sereinement le énième grand miroir qu'elles encadrent de leur vue sur Paris. Paris semble si loin… Fenêtres à bascule où, une fois, Jules, l'enfant de Pierre, l'ami de Jack (l'Avocat de la Dame), a bien failli passer par-dessus bord… Quelle terreur n'ai-je pas ressentie ce jour-là, d'autant que Jules a le même âge que mon second fils. J'ai juste eu le temps de me précipiter pour le retenir, le pauvre enfant !

À droite, miroir. À gauche, miroir. Derrière, miroir aussi. Partout, miroirs. Table de massage et tables de tous styles, boîtes et tiroirs partout dans des meubles par dizaine couverts de paniers en osier, l'un avec des chaussettes, l'autre des sacs à main, un autre à lunettes, et piles et cassettes… Cette femme déborde.

Au centre, le lit, une place, un empilement de sommier, de matelas, de coussins et de plaids en cachemire. Enrobée dans les draps, roulée sur le bord comme un galet rejeté par la mer, ses mains déformées accrochant l'oreiller, elle dort.

« Bonjour Madame, je m'appelle Violette. »

La Dame se redresse comme elle peut, bancale. Elle entrouvre les yeux, à peine. Ses cheveux sont blonds, si blonds, presque transparents sur un visage transparent avec des yeux transparents. D'un bleu sans cils autour, un bleu qui occupe toute la place de ses yeux fins. Comme si la lumière venait de ce qu'il y a derrière. Derrière ses yeux on dirait qu'il y a d'autres pays, elle est ici mais elle vient d'ailleurs, c'est sûr, cette dame-là.

« Bonjour mignonne. »

Et ce sera le début de l'interminable série des « mignonne », « petite chose » et des « ouh ouh ».

« Il fait beau aujourd'hui ?
– Oui, c'est l'été, et je viens m'occuper de vous cet été.
– Ah, très bien, je suis contente », avec un vrai sourire.

Tout se plisse pour exprimer le contentement, l'assentiment, la joie. Un instant j'avais oublié que j'avais affaire à une danseuse mais ce sourire-là, et toutes ses autres expressions ensuite, me le rappelleront à chaque fois : la danseuse, c'est tout son corps qui s'exprime quand elle parle. Elle a le sentiment dans le muscle, et ça sort toujours comme une symphonie dans les airs, même dans l'espace rétréci d'un si petit lit.

J'étais loin de m'imaginer que ces phrases douces prononcées de sa voix douce, elle les adressait à tout le monde.

IV

Le premier été

Là commençait mon long apprentissage de décrassage humain. Pour voir derrière, derrière la crasse des hommes. Parce que c'est crasse ici, c'est un fait.

Je venais donc avec mes sourires sous le bras et toute ma gentillesse en bandoulière, gonflée de ma nouvelle mission : faire plaisir. Que n'ai-je un instant pas eu la juste vision de ce qui m'attendait… Sinon, c'est sûr, j'aurais pris mes jambes à mon cou.

Je parlais de choses et d'autres avec la Dame, et lui achetais des nuées de macarons de chez Ladurée. On buvait du champagne et je cuisinais les meilleurs produits du marché. C'était l'été, de soles, d'ivresses, et de gourmandises.

Je me sentais libre et flânais aux tâches ménagères comme une Cendrillon dernier cri. Je me fondais dans ce décor de rêve au goût exquis des voyages et de toute fantaisie. Le privilège de ma jeunesse et de ma douce folie m'entrouvrait les portes de la nouveauté. Ma terre promise… Plus ou moins fagotées nous ne touchions terre que sur l'herbe à peine habitée du jardin. Pays de notre absolue liberté. L'Éden.

Je ne voyais pas les tonnes de poussière que j'avalais chaque nuit chaque jour dans la maison. Je ne savais pas que l'amiante rôdait du jardin au plafond, que le plomb accompagnait l'eau de mes brossages de dents et se répandait dans mon corps chaque matin. Même l'eau, dans cette maison, fallait qu'elle soit lourde ! Je ne voyais pas sous la lumière enivrante de Meudon le croupissement du système électrique, ni ne savais que je risquais ma peau, prisonnière d'une toile incendiaire. Je n'imaginais pas l'automne des gigantesques araignées surgissant de nulle part, ni les toiles suintantes des chauves-souris qui débordaient du liège des plafonds, le froid glaçant de l'hiver dans ma chambre, et l'atmosphère asphyxiante qui s'était déposée sur chaque pore de la maison. Ni qu'en chaque chose laissée à l'abandon résidait en fait l'abandon de la dignité. Non, je ne voyais rien, parce que je voguais entre Elle et les chiens à pas feutrés, que j'avais appris à ne plus faire tinter le mobile de l'entrée, que j'étais devenue chat et que nos danses légères faisaient vaciller les pupilles de la maison. Le tremblement était doux.

Sa blondeur et ma candeur avaient trouvé un langage silencieux. J'apprenais même au perroquet à reconnaître sa droite de sa gauche.

Nous allions au jardin qui s'étendait à l'arrière, nous nous installions dans sa pente sur de grands coussins moelleux pour écouter les oiseaux et grignoter nos bonnes choses. Je me gavais de soleil et de ses récits. Ses escapades à Paris, Dieppe et Menton, ses traversées nocturnes dans Central Park, ses virées avec Arletty, ses échanges enjoués avec Michel Simon, son tendre amour pour Marcel Aymé, ses dîners chez Malraux, ses teintures brunes, sa méthode de danse, son Paris, son mari, leur Bébert, l'histoire de chacun de ses chiens, sa solitude et son luxe et le reste. Je me baladais sur les cicatrices de ses genoux, m'allongeais sur celle du bas-ventre et ronronnais sur une peau si douce.

Je sniffais de la Dame comme un ramassis d'extases pour mon petit cerveau et de quoi bien remplir mon incontrôlable appétit. Partout où elle allait j'allais, suivant le mouvement de la danseuse à moitié cassée, du tréfonds de sa mémoire au chant des oiseaux, j'étais presque devenue un des animaux de la maison. Allait-on m'enterrer dans le jardin moi aussi quand la musique serait finie ? Sur le grand tas des bêtes qui avaient goûté la gloire d'être aux côtés du Maître et continuaient de vivre dans le cœur de la Dame ? Bigre, sur moi des poils avaient poussé ! C'est peut-être pour ça que chaque soir, installée sur le canapé délabré de ma chambre-grenier, j'ai tenté en vain de les éliminer durant une bonne dizaine d'années. Pour revenir à l'humaine créature qui ne finira pas au jardin…

Et puis Angélique. Elle revient. Catastrophe.

Premier choc : rien ne se dit mais tout se sait. Et, oh mon Dieu !, la gouvernante en chef a découvert le pot aux roses : je n'ai rien fichu ! La maison est devenue crasse et Cendrillon s'est prise pour la Belle au bois dormant ! Convocation. Premier effroi : accepter la soumission.

On veut me dégager, me sortir vite fait bien fait de cette maison qui a ses règles et ceux qui y ont de près ou de loin installé leurs prérogatives.

Cendrillon dérange parce qu'elle sourit à la vie. Une dame de compagnie de fortune, un peu fiérote un poil joyeuse. Et là s'opère ma lente métamorphose. De celles qui commencent par l'épiderme du cerveau, qui s'attachent à gangrener l'âme et tout amour-propre, une de ces métamorphoses où le costume, l'uniforme et tout signe d'appartenance à un groupe de subalternes ne disent que très peu de la réelle soumission qui se joue à même la peau. À poil. J'étais à poil.

Je ne supporte pas l'idée que l'on puisse m'évincer de ce lieu, m'éloigner de cette dame qui me plaît tant et dont j'ai tant à apprendre. J'ai trop soif de l'entendre me conter Louis le mari et Céline l'écrivain, et de voyager au bout de sa vie. Et, je ne sais pourquoi, j'ai besoin d'être là, d'y rester, accrochée comme un chien à son os.

Je me plie, atrocement, intimement, je me plie à devenir ce que l'on veut que je sois : une bonniche. Une inexistante. Une sans-nom. Une « Ouh ouh ».

Je sollicite la Dame avec détermination devant sa fidèle amie Pascaline au caractère raide et plantée comme un roc devant nous. La Dame crie. Hurle que je dois rester. « Je VEUX qu'elle reste ! » Ce sera la seule fois où je l'aurai entendue me témoigner un tel attachement et déployer une telle colère pour, en réalité, conserver son nouveau jouet. L'autre capitule avec un « Bon bon, Lucette, comme tu veux… ».

L'affaire est sauvée. Et moi humiliée. Victorieusement humiliée. J'ai gagné le droit de rester à condition de ne plus être (qui je suis).

« Il va falloir travailler ma petite amie, il ne s'agit pas d'avoir une dame de compagnie ici, Madame D. n'en a pas besoin. Elle a des amis, elle n'a pas besoin de vous. Angélique va vous expliquer ce qu'il faut faire, mais évitez de parler, vous l'ennuyez, elle vous dit le contraire mais vous l'ennuyez. De toute façon Madame D. s'en fiche, elle se fiche de tout. »

Mon sort était scellé et le lexique de ma nouvelle identité bien renseigné. J'entrai dans la peau de ceux à qui l'on donne un petit nom à défaut de leur reconnaître le leur. Par la suite, j'appris vite à distinguer l'incommensurable diversité des produits ménagers, imbattable sur l'analyse de ce monde liquide et visqueux. Frayant mon chemin parmi les ustensiles indispensables à la valorisation de notre condition : éponges, grattoirs, serviettes, bassines, seaux, serpillières, balais-brosses balais-poils et j'en passe ! Experte en volumétrie de sacs-poubelle, organisation du réfrigérateur et gestion des ressources d'hygiène, je déployais toute mon insouciante énergie à parfaire chaque détail du tableau dans lequel on me refaisait le portrait.

Embarquée pour un avenir que j'ignorais, l'été du premier Meudon se terminait, ou plutôt le premier, le seul et l'unique été de Meudon se refermait sur la découverte de mon nouveau statut. Bonne. Assistante de vie. Et tout ce qu'une personne peut faire en silence pour maintenir le silence d'une maison et la vie silencieuse d'une dame à l'abandon.

Il y aura mille interstices pour ne pas suffoquer, mille millimètres de liberté, quelques étoiles de rires et de pleurs partagés, il y aura quelques échappées hors du temps et quelques espaces fulgurants pour la pensée, mais, fondamentalement, il y aura cette sève de Meudon qui coulera dans mes veines, jour après jour, nuit après nuit, quels que soient les chemins de ma vie.

Un jour, Lola, la grande amie de Madame D., m'a dit : « Meudon, c'est un ventre ! »

C'est vrai. Meudon est vivant.

V

La Terre promise

Tellement vivant que « Meudon » est devenu très vite *le mot* définissant mon activité. Très vite je n'ai plus dit à mes amis ou à ma famille « Je vais travailler » mais « Je vais à Meudon ». Comme une marque, un label, une chose en soi. Une destination qui dit déjà tout, c'est-à-dire qu'il n'est pas utile de préciser quoi que ce soit, tout le monde a bien compris que je vais dans ce quelque part peu ordinaire, hors de toute vie sociale et de tout sens humain reconnaissables, comme un antre, une bouche béante, une cage ou un pays inconnu des autres. Les autres, ma famille, mes amis, et ceux que j'ai perdus au passage vers la route Des-Touches, et mes ambitions aussi, peu à peu on s'est tous un peu quittés.

Sans le savoir, j'avais signé pour vingt ans hors de moi quand j'ai franchi le périphérique pour arriver en Terre promise. Mon Amérique… Sauf que ce pays-là il ne se conquiert pas, c'est lui qui vous colonise. Par les trous par la peau il vous rampe en dedans comme un bataillon d'asticots tout prêts à consommer le fruit de votre humanité. Le combat est rude, on risque d'en sortir tout pourri. Certains moisissent encore de cette spectrale asphyxie.

Venir à Meudon, c'est une route déjà, un état d'esprit. On a l'impression de se hisser vers quelque chose, on quitte le monde des vivants pour progresser vers celui des fantômes. La route grimpe, c'est la route des Gardes. On sait qu'on va quelque part où les autres ne vont pas. Chez Céline. Ce n'est pas rien. Cette maison, l'avant-dernière dans la ribambelle de celles longeant le petit chemin, c'est la plus délabrée. Elle est de plus en plus grise. Il faut la mériter cette maison, savoir quitter le reste du monde pour supporter qu'elle vous garde dans la route des Gardes. Je vis mon Meudon comme un secret, que je ne sais pas partager.

Tout a commencé par un sentiment de fierté, toujours accompagné de honte et de déshonneur. Honte pour la fonction, fierté pour l'Histoire, déshonneur pour l'effacement de ma personne. Mais c'est le prix à payer parfois quand on n'est ni né ni construit dans la lumière, on reste dans l'ombre. Dans mon immeuble vivait une femme discrète et taciturne dont j'ai appris plus tard qu'elle était la secrétaire de Sagan. J'ai constaté chez le fils de l'écrivaine, régulièrement invité à

Meudon, la même douceur et la même absence d'éclat. Tout gris et habités de silence, ils faisaient partie de ceux qui se succèdent dans l'ombre écrasante des « grands ». Il y a des êtres qui ont le don de tout éteindre en l'autre.

Je laissais donc derrière moi quelques jours chaque semaine toutes les couleurs de mon nouvel appartement aux voilages roses aussi, mes deux adorables chatons (dont une petite Lili qui vécut le temps de Meudon et qui mourra trois mois avant la Dame) et ma vue magnifique, un cent quatre-vingts degrés sur Paris depuis ma gigantesque terrasse, pour me rendre route des Gardes. Adresse mythique qui me plongeait systématiquement dans une jubilation enfantine.

Au début je prenais le bus, puis le RER, puis le tram. J'effectuais le laborieux parcours de ceux qui ont un « vrai travail » et doivent suer de leur temps, de la promiscuité, et de l'efficacité du trajet.

Très vite je me suis exclue de ce va-et-vient des corps des wagons et me suis enfermée dans ma petite voiture, symbole de ma liberté et de ma détermination. Enfin seule ! Je pouvais goûter aux joies de mon itinéraire.

La route était devenue page blanche, initiatique et poétique. C'était devenu MA route, le socle de mes rêveries, qui laissait s'épanouir en moi ce sentiment d'aller « là où d'autres ne vont pas ».

Je me souviens de mon père qui travaillait dans des lieux secrets. Quelle fierté m'habitait de pouvoir y pénétrer, le long d'interminables couloirs souterrains qui débouchaient sur une salle débordante d'ordinateurs empilés. « Je protège des données », me confiait-il, et déjà en moi cet avant-goût du secret... Avec Céline c'était quand même un cran au-dessus ! La sensation d'aller vers l'écrivain, mais, plus fortement, vers l'homme, l'homme de cette femme-là. Comme si cette route était devenue le squelette de ce vaste et troublant édifice fantôme que je retrouvais chaque semaine. Comme la jambe interminable de la Danseuse, elle me ramenait, à coups d'accidents et de travaux en tout genre (parce qu'il y en a eu des travaux sur la route en vingt ans !), toujours au même point : la Maison. Meudon. Maison. Meudon maison. Maison téléphone Meudon. C'était à en devenir fou.

On n'imagine pas à quel point nos lieux sont vivants, et celui-ci plus que tout autre. Comme la maison de *Psychose*, il se dégage de la nôtre, de la Sienne ou de celle du Maître, une aura qui rase tout alentour. Ici, cette aura, elle est grise et sèche mais on ne voit qu'elle. Elle déglingue tout, c'est l'écho sans fin des fantômes qui l'habitent, qui viennent et qui trépassent. Le double rugissant du mouvement sourd de la vie. C'est le gigantesque pavé de pierre de Meudon, et, je vous le dis, sous lui il n'y a pas la plage, il n'y a que des galeries que des souris et des hommes n'en finissent pas de construire. Mêlant le vertical et l'horizontal dans d'égales proportions, le monolithe contrarie en son sein toute forme d'évolution. Alors on s'y transforme, pour mieux s'adapter aux dérèglements du temps, de la conscience et du rapport à l'Autre. Et en plus il est classé !

Cette maison c'est la sienne, à la Dame, en vrai, sur le papier, pas celle de Céline. Il l'a habitée, de la table au fauteuil au jardin et au premier perroquet, mais il a englouti les pierres et sa veuve comme dans une immense soif posthume de propriété. Une fois l'homme mort, l'écrivain n'a jamais pu s'en aller. Fantôme de ma maison hantée, il rôde autour de nos vies comme une chose à laquelle on ne peut échapper. Vertige. Promise, sa terre.

Avant, sur la route, il fallait passer par un pont fait de bric et de broc qui tremblait à chaque passage, puis contourner le « Bas-Meudon » où s'entassaient des familles entières dans des préfabriqués de fortune. Je longeais des vieux garages et des terrains vagues, d'étroites maisons vieillottes et laides, les restes d'un Meudon d'antan…

Depuis, les crèches et les écoles rutilantes ont poussé, la route s'est élargie, un fleuriste s'est installé, qui, en toute saison, expose fièrement sur le trottoir une branche de sakura rose fluo en plastique, la cantine Sodexo s'est payé un beau bâtiment donnant sur la Seine et les employés de l'autre côté traversent allègrement clope au bec ou téléphone sur la tempe pour aller s'y sustenter, sans compter les immeubles livrés blanc immaculé aux terrasses fleuries et bambous rabougris par la pollution qui se sont construits à tour de bras.

Oui, la route a bien changé depuis le non-bug de l'an 2000, et je me demande où va la misère quand elle disparaît de notre vue. Vers quel pays, eux, les habitants du pauvre et Bas-Meudon, sont allés, tandis que moi mon pays n'a pas bougé d'un pouce, si ce n'est qu'il s'enfonce lentement mais sûrement dans la terre meudonnaise, de quelques millimètres par an.

Mais oui, c'est vrai, chaque année la maison s'enfonce un peu plus dans le sol et sur elle-même. On ne cesse de raboter des bouts de porte et de régler le portail. Bientôt on glissera vers la Seine, emportés sur l'arche de Meudon, avec pour équipage un vieux perroquet, une vieille dame et moi-même. Dans une centaine d'années, c'est sûr on gagnera le rivage !

Je ne croyais pas si bien dire.

VI

Les petits habitants de Meudon

Je peux compter le temps passé dans cette maison en personnes qui font l'aller-retour, les amis, les intrus, les curieux, je peux aussi compter les morts et les disparus sans laisser de traces, ou je peux compter en petits habitants réguliers du temps qui passe de saison en saison, tels que les araignées, les fourmis, les souris et même les chauves-souris.

Il y a les pies aussi, les hérons et la centaine de perruches qui logent régulièrement dans un arbre tout proche. On les entend piailler parfois, ce n'est pas chaque année. Quand cela se produit, le feuillage à la cime est couvert de taches bleues frétillantes qui se trémoussent joyeusement. Spectacle exotique de quelques jours imprévisibles où l'on se précipite au balcon pour assister à la scène les yeux plantés dans un ciel à plumes.

Les hérons, eux, ont leur trajet bien défini. Majestueux, ils trônent en famille sur le colossal cyprès. Quelques grandes têtes d'oiseaux le bec au ciel, rangés comme des décorations de Noël, ornent élégamment l'arbre du jardin voisin. Cela me rappelle qu'il y a un vaste mouvement autour de la maison, de la Seine aux arbres de Meudon, que l'horizon n'est pas si loin. Quant aux pies, elles arpentent les pavés du devant, geôlières en costume qui viennent crâner, altières et malicieuses, dans le désordre végétal. C'est la relève de la garde presque chaque jour.

Mais nos plus fidèles gardiens de fortune, aussi inefficaces que la sonnette et le portail de l'entrée réunis, ce sont les chiens. Fun et Roxane sont ceux que j'ai connus.

Je me souviens du jour où un beau matin j'ai retrouvé blotti dans un canapé un intrus aux pieds tout crottés qui s'était faufilé par la porte des chiens de la salle de danse. Prise de terreur, je vole vers la Dame et la hisse contre moi, l'embarque dans une périlleuse ascension de l'escalier jusqu'à ma chambre-grenier, et la dépose sur un lit comme un petit paquet que je cale avec une grosse couette. Enfermées à double tour, Elle hagarde, moi tremblante, j'appelle la police. À peine débarqués, les agents me crient qu'ils ne peuvent pas entrer, que les chiens sont furieux et qu'il faut les calmer. Mais comme j'ai peur des chiens et de descendre l'escalier je les laisse repartir et nous abandonner au visiteur inconnu endormi dans le salon. C'est Victor et Pascaline qui viendront s'occuper du jeune homme échoué sur notre terre. Il revenait d'un trop long séjour en Inde un poil abîmé et cherchait repos auprès de sa vieille Lucette dont il gardait le prégnant souvenir de l'amitié qui la liait à sa mère. Après de rocambolesques aventures auxquelles tout le petit monde de Meudon s'est mêlé avec amusement, nos sauveteurs parviendront finalement à déposer notre Robinson au pied de sa maison.

Des chiens, Elle l'a toujours dit : « Ceux-là on peut pas compter sur eux ! J'sais pas pourquoi, mes bêtes, elles ont toujours tout fait d'travers ! À part Bébert, qui comprenait tout et qui sortait sa patoche de mon sac quand on allait voir mon mari en prison. Il bougeait pas dans l'sac, sinon on l'aurait enfermé lui aussi, on l'aurait mis en prison, et puis, quand j'arrivais près de Louis, i sortait sa patoche. »

Et comment traverser cette maison sans chercher le miaulement des chats ? Quand je suis arrivée il n'y en avait plus, on vivait sur le souvenir de Bébert. Une fois nos Fun et Roxane disparus, la Dame était inconsolable et devenue trop seule. Elle, à force de supplier, et nous, d'imaginer un remède pour pallier cette incommensurable absence, j'ai pris le taureau Pascaline par les cornes et je l'ai convaincue d'adopter de nouveaux habitants. Nous voilà donc parties en quête du chat tant désiré, même si le spectre des griffes sur la peau de l'ancêtre nous effrayait tous. Finalement, on a ramené une fratrie issue d'un appartement modeste des hauteurs de Meudon. Deux adorables chatons que Madame D. a baptisés Billie, en hommage à Billie Holiday, et Peter, on ne sait pas pourquoi, rebaptisés par la suite Titine et Tintin. La peau a bel et bien été déchirée et soignée laborieusement quelques dizaines de fois, mais la Veuve goûtait de nouveau les plaisirs du ronronnement. La maison était redevenue vivante pour plusieurs années. Jusqu'à ce que Peter soit retrouvé dans le jardin, empoisonné, et que Billie disparaisse quelques mois plus tard.

Mais la communauté la plus envahissante et la plus terrifiante à Meudon, ce sont les araignées. Je n'en ai jamais vu de si grandes. D'un jour à l'autre à l'entrée de l'automne des toiles apparaissent à chaque angle de portail, de porte, d'un arbre à l'autre, ou couvrent tout le plafond de ma chambre. Un immense filet dressé au-dessus de ma tête où la lumière se reflète, laissant apparaître un horrifique labyrinthe de dentelles éclatantes. Un jour, c'est certain, le filet va s'abattre sur moi et je vais me faire bouffer.

Une fois, dans la nuit, j'entends du remue-ménage dans ma chambre. Terrorisée, je me hisse hors de mon lit-radeau.

Ma chambre, c'est en fait notre chambre. Celle de ceux qui se relayent ici. Une sorte de dortoir invraisemblable fiché au second étage offrant une vue plongeante sur Paris depuis une fenêtre infinie qui longe la pièce. Les livres de

Céline y sont entreposés, dans toutes les langues et dans tous leurs états, sur des étagères et dans des cartons. Des bibelots poussiéreux semblent oubliés par-ci par-là, au milieu de pinces à linge cassées, de cadavres de bombes insecticides et de rideaux déchirés. Dans chaque tiroir de chaque meuble cohabitent des photos, des lettres et des tissus de la Dame. Des piles de chaussures et de chaussons de danse grimpent jusqu'à de vieux vêtements mités suspendus sur un portant bricolé – il y avait au début la cape et quelques vieux pulls de Céline. Un grand canapé, raide comme la mort et couvert d'une tenture élimée de mauvais goût, nous attend toute la journée devant la télé. Mais au fil des années une bonne part de tout cela a disparu. Comme beaucoup d'autres choses.

Notre chambre a trois lits, de récupération ou de facture hasardeuse. L'un d'entre eux, de petite taille, était celui de Madame D., c'est celui d'Angélique. L'autre, en métal rouge, provient d'un quelconque garage, c'est celui de Victor. Et le troisième, le mien, se résume à une planche d'aggloméré tenant par miracle sur deux tréteaux en bois, planche sur laquelle un matelas deux places est posé, à hauteur des fenêtres, plus proche du ciel et plus loin du sol.

C'est mon îlot, protégé illusoirement de la poussière alentour et des bêtes en tout genre, éloigné tout aussi illusoirement de mes collègues et de ma vie sur la terre meudonnaise. Chaque soir je me hisse et je m'y recroqueville, je m'y sens comme Pinocchio avant d'être avalé par la baleine. Faussement épargnée, presque libre.

Quand vient l'été, à plat ventre sur ma plage surélevée je vois surgir sur mes oreillers, à la lueur de la télé, de microscopiques insectes à mi-chemin entre la puce et le coléoptère. Je guette leurs bonds et tente de les atteindre d'une pichenette malhabile. Mais le combat est inégal, si petites et si vives, les bestioles continuent d'envahir mon territoire. J'apprendrai plus tard que ce sont des puces de livres. Pas étonnant avec les centaines qui moisissent dans cette chambre. Comme quoi des livres, ici, il en sort des choses que l'on ne contrôle pas et qui viennent vous titiller à vous donner même des démangeaisons.

La chambre a sa salle de bains, un recoin de lambris où une baignoire rose et vieillotte, aux carreaux de faïence ébréchés et chutant régulièrement, dialogue avec un évier de cuisine encastré dans un meuble en formica beige fermé par une ficelle qui, en vingt ans, n'a jamais bougé.

Avant, cette pièce, c'était la salle de danse, enfin, une des salles de danse. Celle où Madame D. donnait ses cours pendant la reconstruction de l'autre salle de danse et d'une partie de la maison après que cette dernière avait brûlé.

Donc, une nuit, j'entends du remue-ménage dans le débarras exigu qui sert de remise au fatras de livres, de boîtes et aux affaires de mon collègue enfouies dans ses innombrables sacs plastique. Victor, il a toujours aimé les recoins pour satisfaire son obsession d'entreposer. Il s'étale et se répand comme ces vieux qui gardent tout tout le temps dans des sacs. Collectionnant mille et une choses de son passé qui lui semble si crucial et de son présent qui lui paraît indispensable, il organise son espace dans des constructions d'étagères à répétition accueillant les éléments de sa vie. Lui aussi a dû vouloir chercher un horizon ici parce qu'un jour je me suis aperçue qu'il avait dessiné une sorte de Voie lactée au-dessus de son lit en collant au plafond des tas d'étoiles phosphorescentes. Notre voûte étoilée.

Et ça bouge et ça vibre dans le débarras. Terrorisée, je téléphone à Victor. Ni une ni deux il vient.

À force de chercher l'origine de l'agitation, nous tombons sur un sac plastique plus vivant que les autres. Nous le descendons avec précaution jusque sur le perron. À la lueur de la lumière extérieure une minuscule chauve-souris sort timidement et se coule souffreteuse sur les pavés pour prendre son envol dès qu'elle a franchi la zone lumineuse.

Ce curieux petit animal me laisse encore aujourd'hui une drôle d'impression. Je m'imagine parfois moi aussi quitter la lumière de Meudon pour rejoindre le ciel.

VII

La tentaculaire Meudon

Meudon, c'est aussi un réseau électrique tentaculaire qui s'enflamme à la moindre occasion. Qu'il s'agisse des néons défaillants du vieux garage rempli de produits inflammables ou des vieux amis tout aussi inflammables qui s'agitent au moindre chuchotement.

Le bouton, c'est la Dame. Elle a cette capacité d'enclencher le court-circuit de la vie en un clin d'œil. Jamais je n'ai rencontré de personne si prompte à faire disjoncter toute relation humaine tout en la caressant dans le même temps sans sourciller de sa propre duplicité. Elle respire des parfums contraires, c'est qu'elle aime dans la contradiction. Elle se nourrit de ses humeurs comme si toute attache émotionnelle n'était qu'éphémère et vaine.

Avec le temps l'on comprend que c'est sa volubile solitude qui fait d'elle une femme libre aussi terrifiante qu'attachante.

Elle a ce don pour l'exagération, soumise à l'extrême à ses propres émotions.

Alors, sans le savoir, elle complote, contre la cousine dont tout le monde se moque et qui sans relâche cherche à affirmer sa parenté, contre les gens de passage plus ou moins connus qui font le déplacement en grande pompe pour voler un bout d'Elle, contre ses amis fidèles qui inlassablement reviennent conter des banalités qui lui font chaud, ou glaner quelque confidence qui pourrait leur servir un jour dans un dîner, un livre ou un témoignage funéraire, ou même contre nous, les gardiens fantômes de ses dernières années.

J'ai toujours voulu voir ce qu'il y a derrière les portes et de l'autre côté du miroir. Je me traîne dans Paris et partout le nez en l'air, me hissant aux balcons, m'inventant des ailes pour sauter dans le vide de nos vies semblables. Toucher l'éternel, inlassablement chercher un éclat d'infini dans chaque lieu et en toute chose. Je vibre pour le sens caché. C'est ma nature. Persuadée qu'il réside, dans un méli-mélo d'horreur et de beauté, de joie et de désespoir, dans chaque construction vivante ou non vivante, une mystérieuse explication aux rouages du monde. Je suis de ces enfants qui pensent que l'on pourrait vivre au plafond, ou que quelque part il existe des êtres éternels et des hommes volants. Je crois aux potions et aux fantômes.

À Meudon j'ai touché l'envers du décor, rassasiée de nature humaine et vidée de tout espoir en celle-ci. C'est mon antre et ma tombe, ma grotte et mon désert, mon intime et douloureux laboratoire personnel où je collecte des échantillons de vies qui passent dans la mienne. Mais chacun de nous ici, personnel nomade et prisonnier des murs de la maison, s'ébroue à sa façon de cette invraisemblable expérience.

Victor, lui, il filme, il photographie. C'est son truc. Il arrive avec ses ordinateurs et tout ce qu'il peut pour capturer l'essence de Meudon. C'est une quête sans fin, un film qui ne finira jamais. Il s'enferme, ferme la maison, le portail, et disparaît dans le silence. Mi-homme mi-animal, il y vit souvent nu ou presque et fait croire aux badauds qu'il est de la famille de la Dame. Marquant son territoire sans relâche et bâtissant son secret comme on construit une grande œuvre, il œuvre. Personne ne sait à quoi il œuvre mais il œuvre.

Avec lui, notre chambre est devenue un vaste entrepôt de matériel technologique et d'objets divers qui font l'aller-retour entre son domicile parisien et son cachot célinien. À côté de son lit il y a ce fameux débarras qui épouse l'arrondi de l'escalier, une sorte de microscopique pièce incurvée comme un terrier que Victor remplit d'année en année de ses sacs « à trier » : couettes, oreillers, cassettes vidéo, câbles, papiers, vêtements, caméras et appareils de tous types. À Meudon il n'en finit pas de s'installer, comme s'il n'allait jamais en partir.

Angélique, elle, elle nettoie. Inlassablement, frénétiquement, elle nettoie. Tentant en vain de créer une terre fertile où un humain pourrait vivre un jour paisible. C'est du moins ce qu'elle croyait. Avant d'avoir abandonné tout espoir de vie possible ici et de se retirer de la danse macabre pour croquer dans sa retraite le meilleur morceau de sa vie.

Un jour, elle a tant voulu nettoyer le plâtre de la main de Céline à la javel que, poussée par le désespoir de son insuccès, elle l'a mis aux poubelles. Avec le même souci d'hygiénisation, notre volontaire collègue jetait de temps à autre par la fenêtre de notre chambre des dizaines de livres et de vêtements qui achevaient leur triste vie dans un joyeux feu de jardin. Fière de sa performance, genou levé, cuisses dénudées, en bottes de caoutchouc et T-shirt oversize, elle posait, triomphante, sur le tas de reliques, nous laissant, Victor et moi, dans la consternation la plus profonde. Photo !

Elle a créé à Meudon son pittoresque univers elle aussi, dégageant avec la témérité d'une guerrière le passé pour se faire une place au soleil. Ce fameux soleil qu'elle attendait toute l'année pour enfin, ô luxe, calme et volupté, une fois l'été venu, s'installer au jardin et se faire cramer, nue et sur tous les côtés. Embarquant sa serviette, ses jolies lunettes teintées et toujours le téléphone en cas de nécessité, elle partait à l'arrière pour quelques heures d'oubli bien méritées. Et dans la maison elle a avec acharnement tenté de tout rendre très propret, mais ça n'a jamais marché. Elle a repeint des meubles en bleu pour « ajouter de la gaieté », rapporté ces fameux voilages roses – en « pétrole », s'en amusait la Dame – pour « apporter sa touche de couleur », bougé maintes fois le mobilier de place, cherchant à créer un début d'harmonie dans le chaotique décor de la vie d'ici, et trié et rangé et trié… par piles, par couleurs, par tailles, par fonction et tout ce qu'il est possible d'inventer pour remettre à l'endroit une vie de travers.

Olivier le jardinier, lui, n'a eu de cesse de réparer une bâtisse qui ne se laisse pas faire. Quand ce n'est pas une fuite rebelle qui se déclenche à peine une autre réparée, ce sont les eaux usées qui jaillissent sur le trottoir de la route des Gardes. Une fois c'est arrivé lors d'un hiver glacial et l'on aurait dit que Meudon, prise d'une indigestion et subitement devenue pieuvre, avait vomi ses tripes comme autant de tentacules d'immondices pris dans le gel.

Il colmate les trous, comble les fentes et rafistole les déchirures qui surgissent de partout, du portail à la cheminée, du sous-sol au grenier. Avec une indéfectible détermination, il maintient comme il peut la fragile santé de la maison. Notre jardinier s'est transformé en infirmier. Pansements savants ou pansements de fortune, scotchs, goudron, mousse expansive, bâches et plexiglas usés, il n'en finit pas de la rapiécer. Il déniche généralement son matériel dans l'alcôve cachée – digne d'une maison de poupée où l'on entre recroquevillé – située le long de l'escalier entre le salon et le premier. Dans la multitude de tiroirs des meubles de la cuisine, entre des montagnes de couverts en argent piqué, il trouve toujours un ou deux bouts de ficelle, pile ceux qu'on cherchait. Dans les armoires, les placards, les étagères croulantes des deux garages, ou dans la cave au milieu des meubles, des malles, et parfois même à nos pieds, Olivier découvre des trésors pour continuer de soigner avec ingéniosité notre vieille maison écorchée.

Et le jardin même résiste au jardinier. C'est un comble ! Il a beau élaguer, tondre, tailler, la végétale Meudon ne dit jamais son dernier mot et se faufile partout où on ne l'attend pas. Le lierre et la vigne vierge se disputent la façade et forcent le passage des fenêtres et du toit tandis que les mauvaises herbes s'engouffrent dans les fentes creusées par le temps. Même le sol de la salle de danse a cédé. Le contreplaqué s'est effrité, laissant progressivement apparaître d'insondables cavités terreuses d'où le chiendent remonte jusqu'à la surface.

« La terre est mauvaise, dit la Veuve, rien ne pousse ici », mais ce n'est pas que rien ne pousse, c'est que tout meurt. Ainsi, Olivier nous réjouit chaque année d'une nouvelle tentative d'embellissement végétal qui se clôt inéluctablement sur un cuisant échec. Il y a eu l'année du mimosa planté comme un soleil improbable devant la grise demeure, il y a eu celle des tournesols, par dizaines et de plus de deux mètres, qui nous accueillaient le nez en l'air au portail et dans tous les pots qui traînaient, celle des courgettes, fleuries et gigantesques, qui rampaient sur le sol comme une armée de réserve, celle des impatiences, au nom bien trouvé, qui n'ont duré que le temps de nous faire rêver sur un parterre de couleurs qu'on avait presque oubliées. Et puis, le catalpa. Une pauvre graine du sachet de Toto qui avait été plantée et qui est devenue une grande chose abominable et décharnée juste sous la fenêtre de la cuisine pour nous rappeler au fur et à mesure des années que le temps qui passe peut être assez laid.

Olivier a bien tenté d'en faire un bonsaï, une œuvre, ou autre chose que cette rachitique excroissance au tronc terne et aux feuilles plates comme une pile de jours d'ennui, mais non ! Malgré les mètres de fil de fer et son patient combat pour maîtriser la bête, le catalpa est resté raide, disgracieux, planté là comme un visiteur de trop. Et on s'est pris d'amour pour sa laideur, parce qu'elle était le reflet de sa vaillance à lutter. C'est que la résistance ici, ça nous parle.

Il y eut aussi à Meudon le défilé des remplaçants de l'été ou de mes congés maternité, personnel éphémère qui a abusé de l'apparent confort de la situation. J'en ai fait rentrer des gens, qui me suppliaient pour « avoir le poste » et m'assuraient que « bonniche, ma foi, on s'en fout, l'important c'est la Dame… La voir. L'entendre. Fouler le sol de la Maison. Vivre dans La Maison ». Mais personne n'y reste, personne n'y a tenu plus de quelques mois, quel que soit le confort cherché le prix est trop lourd à payer. Celui de l'humiliation. Qu'on soit sorti d'hypokhâgne, artiste, ou assistant(e) de vie ou les trois, la maison a raison de nous, elle nous engloutit dans le silence des jours et des nuits qui se succèdent avec les seuls bruits d'un escalier qui craque, d'un perroquet qui crie et d'une vieille qui quémande depuis son vide insatiable et croissant.

Au début, la fantaisie semble régner, même empreinte du lourd fantôme du passé. Le liège des murs qui se décolle et abrite mille et une bestioles et moisissures est charmant, un décor de théâtre ! Les meubles sont chargés de mystères qui nous bercent de l'illusion de faire partie de l'Histoire. La vue sur Paris est divine, jamais on n'imaginerait être si loin en réalité de la vie de la ville, et de la vie tout court. Et la Dame, aux sourires charmeurs, à l'expression si douce des premiers jours, a tant de choses à raconter que l'on se prend d'une affection en forme de petits dossiers dans lesquels consigner toute cette richesse surannée. Et le jardin, ô le jardin où l'on vient se prélasser, semble hésiter entre une sauvage liberté et la niche dans laquelle on voudrait bien se lover.

C'est compter sans les parfums, que peu à peu l'on remarque sortir des meubles, de la Dame, des murs et du jardin où sont enterrés tous les animaux. Dans ce vaste cimetière à l'arrière de la maison perdure une odeur, comme si les bêtes tant aimées du couple Destouches ne pouvaient pas partir. Un relent qui vous prend au corps. Et régulièrement, tandis que la maison s'enfonçait, on voyait des os de-ci de-là remonter de la terre sèche de Meudon. C'est la vie qui s'effondre et la mort qui remonte.

À tout moment de la journée Fun bondissait au fond du jardin pour creuser rageusement un interminable terrier sous le parterre de dalles au pied du « pavillon chinois ». Le pavillon chinois est une étrange construction de bric et de broc qui surplombe la maison, ramassis d'éclats de verre, de portes arrachées, de vasques et de meubles rouges écaillés. Tournant le dos à la verte prairie du voisin, il ressemble à une cachette boudeuse improvisée comme ces cabanes d'enfants où l'on s'invente des aventures et entrepose ses souvenirs. Avant qu'il ne brûle et ne devienne ce qu'il est désormais, Madame D. y donnait ses cours de danse, qui se sont, par la force des choses, déplacés vers une autre construction collée à la maison, celle dans laquelle se faufile aujourd'hui la folle végétation.

Quand je montais au jardin avec Olivier pour tailler en vain deux trois branches de la jungle, ou que j'accompagnais certains visiteurs vers cet autre point de vue, l'adresse consistait à ne pas sombrer dans le trou creusé par notre furieux animal. Comme des équilibristes sur le fil de la terre nous avancions toujours à tâtons vers le bout de Meudon. L'adresse ici, c'est une respiration, il faut éviter de tomber dans la brèche de la route des Gardes.

Fun devait être artiste, pour bâtir ainsi l'œuvre d'une vie, ou peut-être voulait-il s'enfuir de la Maison et s'inventer un autre foyer, loin des cœurs absents de la sienne. C'était son *Home sweet home*.

Madame D. pleurait quand elle évoquait son animal adoré : « Il avait le regard si triste, comme un chien sans collier ou un de ces chiens battus. C'est pourquoi avec Louis on a toujours pris des chiens errants et sans collier, parce qu'ils sont plus tristes que les autres, un peu comme moi. Quand on vous abandonne vous le gardez toute votre vie. » Et d'enchaîner comme chaque fois sur sa personne : « Moi je sais c'que c'est d'être abandonnée. Ma mère, elle était trop jeune, elle m'a jamais voulue. Au début, si, elle jouait à la poupée. Et puis j'ai plus eu l'droit de l'appeler "maman". Vous savez, c'est dur de pas pouvoir appeler sa mère. Elle faisait croire qu'elle était ma grande sœur. Elle était si jeune. Et puis belle, très belle vous savez. Elle aimait plaire. Mais un enfant, ça crie tout l'temps, ça demande des choses. Alors elle m'a mise chez les Sœurs, pour être débarrassée. J'ui en veux pas, elle pouvait pas savoir, elle est comme ça. Moi, j'ai jamais eu personne, à part Louis, mais avant j'ai jamais eu personne. C'était ma chienne qui venait m'chercher à l'école après. On s'comprenait, on n'avait pas besoin d'se parler. C'est ça qu'est bien avec les bêtes, on n'a pas besoin d'parler. Elle m'accompagnait, et elle venait m'chercher, elle m'attendait près d'un banc. On s'comprenait, on était pareilles. Deux p'tites choses quoi. »

Cette maison résiste à tout. Témoin des fantaisies mondaines et des complots de tous ordres, actrice de ses failles et de ses impasses, amie des ombres et des animaux de nuit, complice de la barbarie des hommes et de l'insouciance des bêtes, Meudon la Grise cache bien des secrets sur le monde qu'elle avale tout cru.

Elle nous recrache au-dehors une fois nos missions achevées comme de vulgaires chewing-gums rendus à la vie, mâchouillés, sans goût et désarticulés, aux trottoirs de Paris, de l'autre côté de la Seine. Encore tout gluants de la salive célinienne.

Il faudrait que je vous conte les quelques flacons de souvenirs que j'emporte, à jamais gravés dans ma mémoire. Leurs effluves, leurs râles et leurs chuchotements, et l'effroyable théâtralité de leur âme. Il me faudrait plus d'un livre pour écrire, selon la garce ou la pieuse que je suis, l'invraisemblable nature humaine que j'ai croisée à Meudon et que d'ordinaire on ne trouve que dans la littérature ou dans l'art.

VIII

L'Avocat

Pour commencer, les personnages.

Le plus mystérieux de tous, l'homme gris par excellence, c'est le Gandalf de Meudon, l'Avocat. Petit homme en costume sombre et au crâne rasé de près, à l'œil vif et au sourire entier, c'est notre Panoramix, notre druide. Personne ici ne manie mieux que lui la science des fluides meudonnais. Il dose l'amer et le sucré comme aucun. Quand notre mage arrive, la danse commence, la vie s'éprouve.

Avant, Maître K. venait en BMW bleu marine. Puis, un jour, il s'est lové dans une minuscule voiture électrique qui le trimballe partout.

Je l'entends depuis la montée du passage caché de la route des Gardes, « teuf teuf » fait la petite voiture de poupée qui grimpe jusqu'à nous. Ce grand avocat a le sens de l'humour et le goût pour les choses modestes, ça l'amuse et même ça lui fait du bien.

Il déteste manger avec des couverts en argent, il en a trop soupé et en soupe encore dans ses dîners. Il leur préfère les fourchettes à moitié cassées au manche en plastique jaunâtre, il se régale des assiettes chinoises de pacotille et des verres à moutarde opaques à force d'être lavés.

Pour les dîners de Meudon, il arrivait dans la cuisine les bras chargés de gâteaux venus des pâtisseries les plus renommées de Paris qu'il posait négligemment sur la toile cirée bon marché, puis, passant au salon, confortablement s'installait et flanquait ses Weston trouées par la semelle sur les longues tables basses.

Il faut savoir qu'à Meudon tout se passe entre la cuisine et le salon. Les soirées se vivent dans les canapés au pied desquels deux « bancs de vacher » (d'après la Dame), de presque un mètre de large sur plus de deux de long, sont collés l'un à l'autre. Ces enfilades en bois, qui n'avaient pourtant rien de rustique dans l'allure, servaient à tout : poser nos fesses, quelques pieds, les plats brûlants, les bouquets d'anniversaire par dizaines, journaux, sacs, verres et bougies… Et même à danser ou couper le pain et le saucisson ! Angélique avait beau nettoyer, le bois restait marqué des stigmates des excès. Impitoyables révélateurs de nos agapes, ces deux bancs de vacher c'était le tableau de Dorian Gray !

Donc, savamment affalé dans les profondeurs du canapé puant le chien, l'homme de loi levait de temps à autre une jambe en grand écart latéral pour exprimer son aise et le ravissement innocent qu'il éprouvait à se trouver là, juste se trouver là, à l'endroit propice épargné de toute convention. À coups de « Mmm, c'est bon cette salade de pommes de terre… », il jouissait de tant de liberté retrouvée.

Maître K., « Jack » pour les intimes, c'est un personnage de roman. Car tout en lui est inspirant ! En Jack, vous découvririez des époques mêlées, des influences bigarrées, un goût pour l'art affûté, une faiblesse pour la beauté, un monde entier du secret, beaucoup de contradictions élégamment harmonisées, une spontanéité à vous renverser, et une bonne dose d'humour à vous donner la jaunisse ! Il a souhaité écrire et a publié plusieurs ouvrages, avec lesquels notamment il a cherché les décorations et les honneurs de la légitimité littéraire et artistique. Mais ce n'est pas venu. Il ne peut dépasser ce qu'il est déjà, il n'a plus de place en lui pour créer parce qu'il est déjà une création ! Il en porte une trace, de cet espace vierge de succès. C'est ce qui le rend humain, cette forme de tristesse qui swingue sur la piste de sa mondaine réussite et de son éclat social. Il voyage, aime, plaide et s'entoure d'œuvres, de livres et d'êtres dansants, mais il n'aura pas fait carrière dans l'écriture. C'est ainsi.

Jack est la Main de Meudon, son Éminence grise, il est le maître et le clown, celui qui est craint et celui qui fait sourire. Il donne la note et le coup de bâton. Il porte en lui un monde désuet, romantique, et provocateur. Raide dans ses valeurs et souple dans sa fantaisie, l'Avocat de Meudon est aussi vénéré que redouté. Il est charmant, absolument charmant, comme un serpent peut vous charmer. Il a un cœur gros comme une maison et dur comme l'acier.

Quand il arrive, il y a des vapeurs d'un ailleurs. Les odeurs vieillottes de son hôtel particulier viennent se frotter aux parfums des fleurs fanées de la maison. Ses costumes sombres traînent le petit homme dans les escaliers jusqu'à la chambre rose, avec son rituel. Toujours un verre d'eau. Toujours la même phrase : « Qu'est-ce que c'est bon, l'eau… Vous aimez l'eau ? » Une phrase aussi simple ne peut appartenir à un être vil, il y a forcément du bon chez un homme qui a cette innocence-là, quelque part, au fond d'un verre d'eau.

Il parle de voyages somptueux, de vernissages somptueux, de mets somptueux. Persuadé par candeur que tout le monde accède à ces choses d'une façon ou d'une autre.

« Le saumon sauvage de chez Petrossian est délicieuuux…, dit-il avec une adorable préciosité dans le "cieux". Vous en achetez parfois pour votre fils, Violette ? Parce que Jules en raffooole ! »

« Bien sûr, Jack, que mon fils mange du Petrossian ou que nous dînons chez Lipp, mais bien sûr, cher Maître, qu'avec mon salaire, nos enfants goûtent aux mêmes produits !… Vous vous moquez de moi ? » me chuchoté-je intérieurement avec le ton écrasé de la révolte, plus encore, avec l'impossibilité de dire à Jack que ce monde ne m'est pas tout à fait étranger même s'il n'est pas mon quotidien. C'est la place douloureuse de la classe moyenne de faire partie du bas pour ceux du « dessus ». On est bouche cousue. Rien ne peut sortir, parce que tout le monde s'en fout. Alors on ravale sa frustration et on se remet à la tâche, pour un jour, peut-être, quitter les eaux agitées de notre condition et remonter le courant vers le nirvana de l'ascension sociale. On finira peut-être sa route, bien rose et bien bombé, sur l'étal de chez Petrossian !

Quand on a de l'argent, beaucoup beaucoup d'argent, on le mange, on le digère et il en sort encore davantage. Ça coule, ça glisse, on nage, on marche sur une mer d'argent. Et Jack distribue les billets comme des cartes à jouer. N'a-t-il jamais songé – évidemment non – que distribuer de l'argent à ceux qui en ont peu avait quelque chose de fascinant pour le mendiant que nous devenons en cet instant précis ? Celui qui n'a pas d'argent le consomme, celui qui vit en Terre du Milieu le regarde.

Je conserve précieusement mes billets dans de minces enveloppes, mais à chacun d'eux que je glisse dans le petit coffre en papier de la honte je pense à mes enfants, et je me demande quel regard ils auraient sur leur mère qui se soumet à cet humiliant rituel d'accepter des billets le cœur heureux. Parce que l'argent a ce pouvoir, je parle de l'argent physique, du billet, cet argent-là a le pouvoir d'exciter et d'abaisser dans le même temps. Il a ce double visage de celui qui donne et de celui qui prend. On est toujours deux autour d'un billet. Le puissant, c'est celui qui s'en sépare, jamais celui qui le reçoit.

C'est ce que j'ai appris à Meudon. Le pouvoir. Et Maître K. est maître en pouvoir. *He's got the power.*

IX

Lola

Lola, elle vit dans des petits sacs de luxe et sur des hauts talons. Son ami ? Son rouge à lèvres. Son jardin secret ? Ses carnets. Ses carnets dans lesquels, inlassablement, elle consigne avec soin tout ce qu'elle partage avec la Dame. À peine rentrée dans son jardin de pivoines de sa très chic banlieue ou dans son minimaliste appartement parisien, elle rassemble les morceaux du patchwork meudonnais. Œuvre sans fin là aussi que ce laborieux champ de souvenirs labouré chaque jour.

Et des souvenirs, il y en a à la pelle. De leur vie d'avant, à elle et la Dame – avant qu'elle ne décide de vivre couchée dans les draps du passé –, quand elles gambadaient dans Paris, à Menton ou à Dieppe. Elle s'est vouée tout entière au feu d'artifice de cette amitié, qui, sur cette Terre promise, lui a ouvert, un jour, enfin, les eaux d'une certaine reconnaissance. Lola a bien bataillé pour se faire sa place et savoir y rester. C'était pas gagné. Jack veillait au terrier :

pas touche à Destouches ! Mais peu à peu, radouci par les efforts de l'experte en confidences de la Veuve, il a cédé l'espace dans lequel Lola s'est définitivement installée.

Petite elle aussi, elle sautille et virevolte. Je n'ai jamais vu quelqu'un sortir aussi vite de sa voiture. À peine le moteur coupé, elle est déjà derrière la porte. Elle est efficace, Lola, diablement efficace.

C'est la personne la plus aimée de Madame D. Tout le monde a tenté de détrôner la puissante Lola et de défaire ce nœud bien ficelé de liens tortueux qui les unit. Mais encore faudrait-il y comprendre quelque chose. Leur amitié, c'est une bulle dans laquelle on ne peut pas entrer.

Chaque fois rabrouée, insultée, méprisée, elle n'en revient qu'avec davantage d'audace et de petit raffut. C'est insupportable pour tout le monde mais ça fait plus de trente ans que ça dure. Je n'y vois aujourd'hui que l'aspiration abyssale du venin-solitude de chacune où à force de s'envenimer on finit par s'aimer. Il y a sûrement de la poésie là-dedans, pour se perdre à ce point dans les contours de l'être ami. Mais dans la vraie vie, c'est un enfer !

Quel que soit le chemin qui les a imbriquées l'une l'autre et cette étrange passion qu'elles consomment allègrement – chacun y va de son récit et de son âpre commentaire sur la chose –, le fait est que ces deux-là s'étreignent comme deux siamoises aux griffes acérées et aux regards liquides. Elles portent en elles, chacune, les flots des mers du Nord et du Sud réunies, l'écume sur les lèvres et les embruns dans les cheveux, les écorchures du froid sur les doigts et les brûlures du soleil sur la peau, les pieds roulés par les galets et la gorge offerte au vent, à la mer avec son infini et tout ce qu'elle recrache. Parce que ça y va, les ordures, les déchets et tout ce qui pue en ce bas monde, quand les deux sœurs ouvrent leurs chakras. Certes il y a du beau aussi, mais rarement du noble. Peut-être que ce qui est beau n'est pas noble mais tient dans le mouvement des choses, qu'elles soient lumière ou ténèbres.

Ces deux-là, elles ont un fluide dans le corps qui remonte jusqu'aux yeux, elles ploient sous l'émotion et rabattent toute dignité dans un élan frénétique d'osmose consommée. Ce peut être un mot, un souvenir, une chanson, et hop !, ça démarre au quart de tour. Le cadran s'accélère et les fauves sont lâchés, les serpents dansent et les mouettes attaquent. Diablesses. Terriblement attachantes. Terriblement repoussantes. Elles se dévorent l'une l'autre dans un tourbillon de passion immature et damnée.

Un jour, la petite comtesse s'en va, pfiou !, elle tourne les talons, tchak !, prend son énième petit sac, son iPhone bleu layette, et s'en va, tchouk tchouk !, avec ses talons dans le grand escalier.

L'escalier s'agace et grince, il en rajoute, peu coutumier de cette déferlante de petits pas secs. C'est qu'il est habitué à nos sauts de biche, nos quatre-à-quatre au moindre appel, aux pas nonchalants de l'Avocat, à ceux discrets ou enjoués des visiteurs. Et avant, aux papattes des chiens et des chats qui faisaient de cette maison une maison verticale, aux tintements feutrés des coussinets, et avant... avant il goûtait le pas léger de la danseuse. Légèrement chaotique, scandé comme du jazz, dissonant comme une faille dans le rythme. Et puis surtout il connaissait les caresses de la peau, de la peau des pieds nus de Madame D.

Depuis qu'elle ne monte ni ne descend plus, il supporte les allers-retours des affaires domestiques. Pauvre escalier de mon cœur, que n'es-tu rendu à ta plus stricte utilité... Aspirateur, plateaux-repas et personnel soignant : du ballet de la Dame au balai humain, tu es devenu un couloir d'hôpital. Tu étais la colonne vertébrale de la maison, avec tes frictions, tes rampes décrochées par mégarde, ta musique intérieure, le chemin aléatoire des déplacements fantaisistes, de la cave au sommet, du sauna à la chambre. Parfois on discutait assis sur tes marches polies par le temps. Tu as même goûté deux trois chutes dignes des plus belles cascades burlesques, mais la dernière te fut fatale. Le soir où la Dame a chuté pour de bon, elle a mis fin au concert des pas feutrés de Meudon. Elles portent toujours, tes marches, le sang de ses jambes, tatoué dans ton bois comme on grave son amour dans l'écorce d'un vieil arbre. « L + E For Ever » (L pour Lucette, E pour escalier). Vous ne vous reverrez plus jamais.

Et cet après-midi-là, l'escalier a perdu ses notes d'autrefois. Dans le silence replié de l'ennui et des caprices d'une vieille, très vieille dame, c'est le bruit du départ d'une comtesse en colère qui résonne dans la maison qui s'effondre. J'ai bien senti ses larmes à la gorge, à la petite comtesse, quand elle a dit : « Bon ben, Lucette, moi je pars, ça sert à rien là ! » Et elle laisse la vieille dame à son triste sort, oubliant peut-être que la vieille, la Lucette, elle les connaît, les départs, même perdue dans son semi-sommeil les départs elle les connaît bien, et ça lui fait toujours un peu mal.

« Mais c'est violent, Lola, ce que tu fais, c'est violent de partir comme ça.

– Ben oui c'est violent, Violette, mais ça sert à rien là, ça m'énerve. »

Et sa mini voiture couleur prune qui part dans l'allée, je suis sûre avec des pleurs sous le capot, mais elle part.

Pourtant je l'aime bien, l'habile conductrice des petites choses. C'est un drôle de personnage, un croisement entre l'adolescente et la vipère. Elle puise ses rêves à la surface des choses mais elle se nourrit de sentiments littéraires et d'amours enfouies.

On s'est fritées plus d'une fois, mais on s'est aimées aussi. À chaque disparu de nos vies, pleurant comme des Madeleine, on se donnait les mots chauds et profonds du réconfort qui reste à la charge des vivants. À chaque souffrance éprouvée, on savait échanger sur le ton d'une éphémère sororité nos excessives émotions. Parfois, avec la Dame, nous nous dérobions au rythme monotone de la maison pour un temps suspendu, un pique-nique au jardin (ici ou le sien), une virée arrosée et goûtue au Petit Trianon, une escapade dans un restaurant bien coté, ou dans un cinéma à nous partager des bâtonnets glacés comme les triplettes de Meudon évadées.

Pourtant, chez Lola, l'orage n'est jamais très loin, même s'il n'en prend pas l'apparence. Ça se règle dans un bouquin, ou deux trois affaires bien menées avec Jack, quelques mots de travers alignés, et un soupçon d'adresse. Le fluide est indigeste et on glisse sur le fil du danger, c'est du moins ce que l'on veut nous faire croire, que nous sommes vulnérables et que sa puissance est suprême. C'est un art, le silence et la dissimulation. Toute une cuisine ! Dans la grande soupe du désordre on saupoudre les épices de l'âme, et dans un grand fatras d'histoires frémissant on plonge l'os de la zizanie qui donne le goût au bouillon. À table !

Lola est un mystère, collée à la Dame de Meudon comme si sa vie en dépendait, plus proche de l'animal de compagnie. Elle n'a pas grand-chose, à part quelques maisons où passer le temps et quelques jupes trop chères et, ah oui !, ses bottines à talons pour se hisser, à échelle humaine.

X

Pascaline

Comment, mais comment, décrire Pascaline ? Chacun encore ici se pose la question. Jamais de ma vie je n'avais vu pareille chose. Pour tout dire, la première fois que j'ai vu Pascaline j'ai eu un choc. C'était ce fameux jour où j'ai failli être renvoyée.

Sa voiture, briquée comme les meubles de ses appartements et fonctionnelle comme sa personne, arrive toujours très proprement à gravir le chemin qui borde le jardin de devant et avec une adresse défiant les lois humaines se gare nonchalamment mais toujours justement. C'est que cette dame a l'art de rentrer dans les cases. À ce point ça tient de l'art ! Fardée du jour, liftée d'il y a quelques hiers, et organisant ses lendemains comme un chef de bataillon, elle se hisse au rang des Figures de Meudon.

Elle y a sa place, et plus que quiconque, puisqu'elle y était, elle, dans la vie du Maître, avant même qu'y entre la Dame. C'était à Saint-Malo, en des temps d'insouciance. Elle était jeune, elle sentait bon le sable chaud, et sa tête blondinette a connu le sourire et la caresse de la main de Céline. Quelle légitimité ! Chez Pascaline, on est loin d'un regard savant posé sur l'écrivain. Ses souvenirs sont ceux de la vie, la vraie, pas celle des mots. Elle raconte les jeux de l'enfance, les concours de crachats, à califourchon sur les genoux de Céline, et son immédiate fascination pour Lucette, la joyeuse danseuse, qui deviendra en un éclair son amie, sa « grande sœur » pour la vie. Alors chaque journaliste, chaque acteur, chaque écrivain ou passionné de Céline a dû faire, pour nourrir un besoin viscéral de réalité, un détour par la case Pascaline. C'est comme au Jeu de l'Oie, on revient toujours à la case départ. Et au départ, elle, elle y était. Et le récit se termine toujours par l'évocation de cette caresse répétée sur sa mignonne tête blonde. N'est-ce pas touchant, ce souvenir si délicat, chez une dame si raide ?

À Meudon, donc, chacun doit l'affronter, on ne peut pas faire sans. Jack l'a bien compris. Il l'a prise comme maréchal des logis-chef contrôlant nos moindres faits et gestes avec une certaine jubilation pour la pratique de la chose. Mais finalement, Pascaline la dure a le cœur mou, et si l'on sait la prendre dans le sens du poil l'abrupte gardienne ouvre la porte de la cage dans laquelle elle s'est enfermée. Par statut, par revanche, ou par habitude, la bourgeoise ne rêve que d'une chose, c'est de s'évader. Malgré tout, elle fait peur, c'est ainsi. Pour les petites gens elle fait peur. Tout le monde s'en moque, et indifféremment déverse sur elle son fiel, à commencer par la Dame, qui lui voue une certaine aversion mêlée de dépendance enfantine. À sa manière elle l'aime comme les pétales d'une pâquerette, elle l'aime un peu beaucoup passionnément à la folie pas du tout. Et ça recommence. Les deux femmes n'ont cessé d'effeuiller le temps de leur complexe amitié.

Pour dresser le personnage, il faut que je vous raconte sa façon d'exulter quand il s'agit de porter le coup fatal à sa proie, même s'il s'agit d'un bifteck. Parce que rien ne saurait mieux la décrire que la manière dont elle se régale d'un steak. Carnivore parmi l'espèce, elle est de ceux qui combattent encore la bête dans l'assiette.

Tout commence par une longue, trop longue pour elle toujours habitée par l'impatience de l'après, cuisson d'une demi-plaque de beurre dans la poêle. Puis, la fourchette aiguisée, telle une lance dressée dans le corps de l'ennemi, fièrement dépose la chose sur l'autel du supplice et la baigne en abondance dans l'océan de gras. À peine ce rituel commencé déjà il s'achève, et, déposant le corps toujours cru au creux de l'assiette, Pascaline regarde son œuvre comme

Thésée devait contempler son exploit. Vient le moment du régal, où notre Pantagruelle, à moitié disparue sous l'immense torchon qui lui sert de serviette, écarte les cuisses et, dans un mouvement du dos plongeant vers l'avant, porte à sa bouche un gros morceau du steak.

Nulle parole en un pareil moment ne pouvait troubler cette extase. Ne faisant qu'une avec son triomphe, Pascaline était en tout point radoucie. Une fois une seule, j'ai partagé la viande encore ensanglantée préparée par notre invitée. Je me souviens du gras qui pendant la nuit me coulait du nez et de la vision de ma propre mort, noyée dans un océan de beurre.

Mais peu à peu, l'âge venant et les canines certainement un peu érodées, Pascaline a troqué ses rêves de banquet contre son besoin d'amitié. Enfin, une certaine forme d'amitié. Se glissant dans les cancans comme sa fourchette hier dans la chair, elle ramène à sa bouche ce qui est bas, inintéressant et dénué de tout élan intellectuel. Qui a dit quoi ? Qui fait quoi ? Et je ne saurais en dire davantage, ni surtout mieux que ce que l'on peut trouver comme détails insignifiants dans les articles sur la Veuve Céline.

Céline, l'homme ou l'écrivain, elle s'en fout, c'est la seule ici, parmi ceux qui viennent à Meudon, si invraisemblable que cela puisse paraître, qui s'en fout de Céline ! Ça lui donne une fraîcheur que la Dame forcément apprécie et c'est sûrement pour cette raison, pour cette pureté sans nom, que l'amitié s'est frayé un chemin qui va au plus profond. Car sous toutes les horreurs et tous les mauvais mots susurrés allègrement par la Veuve à quiconque passait dans son paysage, il y avait avec Pascaline ce lien limpide comme un diamant qui s'appelle l'amour.

XI

Christophine

Elle va elle vient, elle n'est jamais à l'heure promise et elle revient toujours, la cousine que l'Avocat appelle « Christophine ». Elle arrive avec des photos défraîchies et floues. Les images d'un ailleurs et d'ancêtres qu'elle veut coûte que coûte faire rentrer dans la boîte de Pandore. Elle sème et enfonce dans le crâne de la Dame les graines d'une généalogie qu'elles auraient en commun en espérant s'asseoir avec Elle, un jour et pour toujours, au pied de l'arbre de leur parenté.

Son surnom lui vient d'un plat en gratin qu'elle préparait pour chaque anniversaire de la Dame, et dont certains allègrement se moquaient, à commencer par la Veuve. « Vous pensez que Christophine va nous apporter son fameuuux gratin de christophines ? » chantonnait Jack d'un air amusé. Devant cet échec répété, la cousine s'est trouvée contrainte d'abandonner l'immuable projet.

Elle arrive donc, la cousine, ses photos dans le bec et des mots pleins la bouche qui dégoulinent comme de la bonne confiture : « Ma Luluuuuuuu [avec le « u » le plus long que j'ai jamais entendu], ma Doudouuuu [avec la rondeur de la caresse du cœur, des bras et du corps tout entiers dévoués à une vieille parente], que vous êtes beeeeellllle [avec le « bêhhhh » des flatteuses petites dames qui en ont trouvé une plus grande qu'elles]… »

Caramel à ses heures perdues, elle est collante, onctueuse, et à force de vous couvrir de douceur elle vous étouffe d'amour. Elle arrive comme une vague de parfum de fleurs exotiques et de cette présence qui se glisse dans chaque interstice possible de la vie à Meudon.

Enveloppée dans son vison en hiver et tout assortie de rose en été, comme empaquetée de délices, Christophine est une curieuse personne qui roucoule depuis le nid de ses origines qu'elle défend farouchement dans une interminable et voluptueuse logorrhée amicale.

Dentiste de son état, elle a œuvré à plusieurs reprises dans la bouche de la Dame, un de ces hauts lieux de désastre du corps vieillissant où mon imagination chavirait à la seule pensée de la périlleuse exploration qui allait lui être faite. N'est-ce pas que la bouche d'une femme de presque 100 ans, et de cette femme-là, à la parole si rare et aux effluves si vifs, demeure un mystère abyssal pour tout être normalement constitué ? Tandis que le bec de Toto ne cesse de pousser, les dents de la Dame semblent tout droit se diriger vers une architecture des plus fantaisistes. Elles descendent et n'en finissent pas de descendre, un coup vers la droite un coup vers la gauche, comme un métronome vrillé qui à force de marquer le temps de la vie oublierait la musique.

Christophine a combattu dans cette caverne où personne jamais ne voudrait s'aventurer mais dont tout le monde attend qu'elle révèle des secrets, les aléas du temps sur les petits écueils dentaires. À chaque outil piqué comme une lance dans un de ces rochers à moitié effrités, c'était une horde de cris venant du tréfonds de la gorge qui débarquaient telles des mouettes affolées. Je salue sa persévérance pour avoir seule parcouru ces contrées, et combattu avec l'intimité des rivages les plus secrets de cette planète hors d'âge qu'on appelle encore une « bouche ». Parce qu'à part nous – vous me direz c'était notre métier – aucun médecin – et plusieurs se sont relayés – n'est allé avec autant d'abnégation soigner les maux qui frappaient les espaces devenus disgracieux, pour ne pas dire monstrueux, de la Dame. Avec le temps vers le corps on n'y va plus, au mieux on palpe, on touchotte, on masse et on parlotte. Mais se coltiner la sève et les orifices, à partir d'un âge trop loin on évite. C'est bon pour les subalternes, ce type de visite, plus pour les notables ayant déjà inscrit pour la postérité leur nom : « M. Untel, médecin de Madame D. »

Christophine a toujours été dévouée, mais trop abondamment couverte de sa moelleuse gentillesse, elle a essuyé le ricanement des uns et la cruauté des autres. Si à Meudon chacun a son « sujet », celui de Christophine c'est l'improbable parenté. Énigme pour personne, car personne n'y croit, et certitude pour elle, ce lien finalement, qu'importe qu'il fût réel ou désiré, il a habité la relation controversée des deux femmes et poursuit son chemin dans le cœur de la cousine. Que l'on appelle d'ailleurs « la cousine » ! Preuve est faite que le succès est total, car définitivement elle appartient, comme elle l'a voulu, à l'histoire de la Veuve Céline. Sur la vieille branche Almansor, Christophine a fait son nid…

XII

Angélique, marquise de Meudon

Personne ne peut être passé par Meudon ces vingt dernières années sans avoir gardé le souvenir d'Angélique. Alors oui, on n'en parle pas dans les dîners, et on ne la trouve pas en bonne place dans les divers récits sur la Veuve Céline et la maison du Maître. Tous les mots sur la vie meudonnaise ne se sont certes pas embarrassés du petit personnel de la Dame, et pourtant… si une âme voyageuse s'était aventurée à s'étendre sur ladite soubrette elle aurait pondu quelque chose digne de Balzac, c'est sûr ! Mais on a préféré, dans deux trois papiers, parler de son « bœuf-carottes » et de ses « tomates farcies », pensant certainement que c'était bien suffisant pour raconter la personne et ajouter au cadre un je-ne-sais-quoi d'un peu crasse. Avis aux amateurs : si vous vous étiez perdus, un instant, dans le temps précieux de vos fouilles céliniennes, dans l'héroïque jardin d'Angélique, vous auriez découvert un paysage qui aurait pu, sait-on jamais ?, à défaut de vous enrichir – car vous êtes déjà riches de tout –, vous rapprocher au plus près du célèbre objet de vos convoitises.

Angélique, c'est avant tout un corps. Un corps long de fille à l'abandon, qui a connu le pire et vieillit dorénavant le sourire aux lèvres, avec le cœur gros comme une citrouille prêt à se transformer en carrosse pour le moindre espoir de lumière qui traverse sa vie. Haute en couleur, elle vous fait la musique et la boule à facettes, faut qu'ça brille faut qu'ça bouge ! Angélique est toujours prête à vous faire entrer dans la danse.

Elle a débarqué elle aussi en remplacement, d'une certaine Françoise, et puis, comme d'autres, à mesure des étapes successives des vieux jouets qu'on remplace, elle a raflé la mise et s'est installée. Vêtue de son tablier fleuri et d'un nez qu'elle et d'autres trouvaient disgracieux – mais je connais comme vous des nez dont on ne se moque pas parce qu'ils sont prestigieux ! –, elle est entrée par la petite porte des sans-nom de Meudon. Quelques années plus tard, l'argent de la situation aidant et le bistouri passant par là, Angélique s'est refait un look, le nez et une attitude.

Je suis arrivée quand la transformation était déjà faite. Je découvrais donc une grande femme, autoritaire et drôle, dotée d'un nez trop droit pour être vrai, et affublée d'un mélange détonant de vêtements de marque combinés dans une fantaisie qui ne peut être touchante que pour des âmes indulgentes ou amies. Comme elle dit : « J'ai mon style ! »

Mais surtout, chez Angélique c'est le verbe qui compte ! Bien haut, bien fort et saupoudré d'une innocente touche de vulgarité. C'est parce que son cœur est grand qu'il faut que ça déborde. Par la gouaille, les décolletés, les postures ou les excès en tout genre. Et cette façon de rire qui a su creuser dans la Dame un chemin qu'elle-même jusqu'alors ignorait. En apparence, tout ce que Madame D. détestait se trouvait sur la terre d'Angélique. C'est pourquoi certainement aucun visiteur ne s'est retourné avec amabilité voire intérêt sur notre chatoyante créature, pensant rejoindre ainsi, plus près encore de la Veuve, un état d'esprit de classe quelque peu conventionnel et daté dont, pourtant, Madame D. savait s'émanciper avec élégance et sincérité. Angélique avait la classe du cœur. Mais ça, ça ne se raconte pas.

Seuls Lola, en perpétuel bouillonnement d'émotivité littéraire, et peut-être Jack, depuis sa troublante dualité entre candeur et raideur, ont saisi l'importance d'Angélique dans la vie de la Dame. Au-delà de la technicité parfaitement huilée de la soumission faite femme, il y a réunis dans la personne d'Angélique des mondes contraires qui ne pouvaient laisser indifférente une âme trouble comme celle de Madame D. Croisement entre un « chien perdu sans collier » comme Elle aimait à l'appeler quand Elle parlait d'elle, et une aventurière affranchie par les épreuves de sa vie de toute convention, notre Marianne de Meudon guidait le peuple de la maison. Et inspirait tout à la fois chez la Veuve de la pitié, un certain sentiment de liberté, et une profonde affection. La colère et l'agacement n'étaient pourtant jamais très loin, jusque dans un dernier échange d'une grande violence verbale entre les deux femmes qui a scellé le départ d'Angélique, et a laissé un vide insondable chez la Dame.

Il ne se passe pas un jour depuis sans qu'elle ne s'enquière d'Angélique et ne saisisse la moindre occasion de discourir de manière frénétique sur son jouet définitivement perdu. En y allant, comme à l'accoutumée, sur les reproches et les méchancetés, traînant la belle comme Elle nous y a tous traînés, dans le caniveau de ses plus cruelles pensées. Il faut pourtant comprendre que dans ses infamantes envolées c'est son irrémédiable solitude qui cherche un collier. Pauvre bête de 100 ans dépassés, toujours en errance au fond de son terrier et qui aboie sa terrible famine affective à qui a la force de la supporter.

On comprend que ces deux-là se sont rencontrées, l'une depuis sa prison dorée et l'autre depuis son innocence déchaînée. Il y a eu connexion. Épousailles. Et le fruit de la passion a été consommé. Dans une joyeuse fantaisie partagée, inégale mais partagée. Angélique était la « fofolle » de la Reine de Meudon. Passant de l'auguste au clown blanc, tour à tour elle racontait ses invraisemblables histoires avec panache et exubérance assumée et se dressait en cheftaine obstinée telle une impitoyable geôlière endimanchée.

Et comment, quand on sait l'abîme qui sépare les deux femmes, ne pas ressentir un bouquet de tendresse à la vue d'Angélique, affalée jambes ouvertes dans un canapé, faisant rire la très respectée Veuve à s'en faire éclater le ventre ? Il faudrait être un rien pète-sec pour passer à côté du tableau ! Pourquoi personne, dans la valse mondaine, n'a jamais penché son regard sur le berceau d'Angélique ? C'est pas faute pourtant d'avoir essayé, de la part de la marquise ! Combien de sollicitations ratées, d'amours déçues, et d'espoirs mutilés se sont échoués sur les rivages de notre gouvernante en chef ?

La voisine journaliste, qui s'immisçait en douce amitié pour approcher la Dame et nous a laissé, une fois l'affaire abandonnée, Angélique dans une torpeur que seule sa pudeur permettait de masquer.

Un autre, régulièrement invité, ou souvent auto-invité, qui pour charmer notre créature lui avait donné son numéro de portable et se laissait assaillir, dans une retenue propre aux ego surdimensionnés un peu étriqués, par les ingénues avances de la belle afin d'aller plus avant sur la terre intime de la Veuve.

D'autres encore qui, abusant de leur aura populaire, se sont pris pour des paons devant parader pour la femme au tablier afin de trôner sur les fameux canapés. Ils flattaient et minaudaient juste le temps qu'il fallait. Mais particulièrement pingres en bienveillance et sincérité, leurs noms, pourtant si connus, finissaient par tomber, desséchés, au fond de la grande poubelle de l'oubli d'Angélique.

D'illustres personnages de la vie culturelle, ou inconnus de passage chez la Veuve, ont traversé le paysage angélique d'Angélique avant de s'en aller briller sur d'autres contrées une fois l'hypocrisie accomplie. Quant aux gens de la ville, fleuristes, bouchers, électriciens et j'en passe, ils ont bien profité des appétissants billets qu'elle distribuait. Le quelconque troc terminé, la terrible solitude d'Angélique n'avait d'égale que son courage à la surmonter. Que ce soit en dispersant de l'argent ou de la naïveté, partout elle a déposé un parterre d'amour que chacun, sans même se retourner, a bien proprement ignoré.

Effacée chaque fois, et jusqu'à son départ de la maison, comme un mouchoir qu'on jette au coin d'un trottoir, la grande gueule au cœur tendre a supporté les laideurs humaines plus que quiconque ici. Si la Dame pouvait voir aujourd'hui les éclats de son âme brisée, elle en pleurerait comme elle pleure sur tout être abandonné. Pauvre petite chose…

Justice doit être rendue à cette femme qui a su faire de sa vie un magistral théâtre et un flamboyant récit, mue par la seule générosité de déposer du vivant dans l'existence immobile de l'Ancêtre.

Si certains l'ont appelée « ma p'tite dame », parfois se sont interrogés, sur le ton complice de la bonne société : « mais qui est donc… cette… personne ? », ou encore l'ont, lors de brillants dîners, installée à la table des enfants, pour quelques-uns d'entre nous, initiés à la pratique de la liberté, Angélique restera celle qui a su faire rire et pleurer Madame D. aux éclats pendant ses vingt dernières années.

Et parmi les quelques pantins aux ailes déplumées et aux larmes asséchées qui pavanaient un triste jour de novembre autour de la tombe, la seule âme volatile au plumage coloré qui manquait était celle d'Angélique, notre marquise de Meudon.

XIII

Home sweet home

Le sésame de Meudon ce sont les canapés ! Quiconque est venu a tenté de s'en rapprocher. Comprenant bien que c'est ici, plus près des vieux ressorts et du tissu usagé, qu'on entre en communion avec la Dame et la maison.

Des grands, des petits, des connus et des moins connus, et même quelques êtres abandonnés, ont entrepris l'escalade de la route des Gardes pour arriver au fond des canapés. Combien de fesses s'y sont enfoncées, de corps y ont flirté et de grands discours sur le Maître s'y sont juchés, sur ces vingt centimètres au-dessus du plancher… Hommes politiques, écrivains, acteurs, actrices, chanteurs et chanteuses, médecins, avocats, avocates, anonymes ou amis, tous ceux qui ont eu le privilège de siéger autour des lourdes tables du salon sur ces assises tout ébouriffées se souviennent sûrement de l'enivrant parfum de jasmin et de l'odeur du poulet tandis que la Dame, de quelques dizaines d'années et de sa renommée surélevée, trônait dans son fauteuil à l'arrière du décor pour mieux observer.

Déjà, les habitués. Le rythme régulier et imperturbable des visites qui scandent les rituels de la maisonnée.

Le lundi, c'est Madame T. qui arrive pour le thé. Les bras remplis de financiers de chez Kayser. Toujours les mêmes, dans un petit sachet, pistache, chocolat et nature. Ce sont les nature que la Dame préfère, elle en parle toujours en agitant le bout de ses doigts dans l'élaboration d'une colline de pâte imaginaire qui lui fait basculer la tête et fermer ses yeux bleus de bonheur. Madame T. a une maladie dégénérative, d'année en année on voit tout son corps s'agiter un peu plus au long du même récit, de son enfance couronnée par un acte de résistante, de sa tante sculpteur, de son mari vieillissant et de sa bourgeoise famille. Mais surtout elle rapporte à la Veuve chaque lundi un peu des parfums du Ve arrondissement. Très digne, irréprochable dans sa tenue jusqu'à celle de ses mots, Madame T. a l'allure des femmes trahies qui ont préféré le statut au danger de la liberté, sachant qu'au bout du compte elles vont s'y retrouver, développant même une certaine tendresse et une habile distance à l'égard des heurts que la vie leur a balancés en pleine face. Le lundi, c'est presque du repos. La visite en maison de retraite.

Qu'il vente ou qu'il neige, c'est le devoir absolu de la fidèle amie.

Et puis, un lundi elle n'est plus venue. Et elle n'est jamais revenue.

Les mardis et jeudis sont « les jours de Lola », mais à la place privilégiée du dîner. Lola, toujours assise à la même place sur le canapé, se recroqueville systématiquement en boule comme un petit chat entre deux gros coussins en fin de soirée. Elle revit avec la Dame les abracadabrantes sorties du passé et lui offre en bouquet celles à venir. Qui bien sûr ne viendront jamais. Chaque dîner a sa couleur. Avec Angélique c'est toujours très drôle, avec Victor beaucoup plus coincé, et quand c'est moi qui mijote c'est toujours farci d'émotivité, je ne peux pas m'en empêcher. Lola a le don d'attirer l'émotion. C'est sans doute notre subalterne condition qui nous pousse à vouloir nous accrocher dans la vie des gens qui passent à Meudon, comme un moustique derrière une vitre qui voudrait bien rentrer.

Victor a trouvé la solution, au lieu d'essayer de rentrer il fait tout pour sortir ! Alors, durant quelques années, lui, Lola et Madame D. se sont évadés à la moindre occasion. Entraînant les deux femmes dans de délicieux road-trips, Victor a fabriqué un monde enchanteur dont il graissait les rouages, techniquement – étant donné l'ampleur de la tâche de déplacer notre ancêtre – mais pas seulement. Il a su se rendre indispensable à l'émergence du bonheur de la Dame, et au plaisir de Lola. Pique-nique et champagne en bord de Seine tous trois serrés dans la petite voiture, délices aux Folies Bergère, fantaisies au Crazy Horse, évasion au musée, légèreté à Cabourg… et autant de photos, d'insouciance et de souvenirs d'allégresse.

Angélique, elle, raconte aux siamoises amusées ses aventures terrestres, tellement terrestres qu'elles deviennent un roman, le roman de sa vie dont on se délecte avec voracité comme d'un bon film vraiment drôle, pour ne pas pleurer.

Et moi je m'engouffre dans les voiles de l'âme, je récolte les perles du temps et des souvenirs, je caresse les souffrances de l'une et me remplis de tendresse pour l'autre. Je jongle avec les cœurs, le mien y compris, pour construire du sens à ce moment-là et je dresse le fragile château de cartes de mon existence. Aussi sûr que Victor part, je reste et persiste. Avec les années je me suis mise aussi à combattre la maison, comme chacun d'entre nous, et à me débattre, aspirée comme le moustique au bord de l'ampoule incandescente.

Le mercredi, c'est ennui et poulet rôti ! L'après-midi ce sont les tendres et insipides confidences de Colette pour le thé, et le soir on embroche les banalités au dîner avec Mimi et son très gris médecin de mari.

La fidèle Colette, c'est un peu Madame T. en plus rustique. On ne prend pas toujours la peine de lui servir un thé ni d'assister à l'amical rituel de la demi-journée. Souvent, un jus d'orange fera l'affaire et on laisse les deux dans la chambre du premier. L'une s'épanchant sur la vie toute droite de son honorable lignée jusqu'au point culminant de l'emploi du temps du petit-fils prodige, et l'autre s'évadant tranquillement au son régulier des banalités, tout apaisée par cette visiteuse qui est la seule de la semaine qui ne va rien chercher à dévorer ou à voler dans ce moment d'intimité.

La conversation est donc à sens unique, comme une berceuse en plein après-midi, un mobile suspendu au-dessus du lit qui accompagne la sieste de notre vieille danseuse. Colette annonce toujours sa visite d'un coup de téléphone un quart d'heure avant que monte sa modeste voiture dans l'allée du devant. Elle vient tout de gris et de marron vêtue, parfois une timide touche de rose égaie ce paysage atone, quand ce n'est pas la bouche qui s'est teintée pour l'occasion. Des cheveux aux souliers elle semble sortir d'une vieille et chétive maison toute grise elle aussi, comme une version rétrécie de la nôtre. Elle est calme et gentille, ô combien calme, et jamais dans sa bouche un mot, contrairement à ce qui se pratique ici, n'a tenté d'abîmer quiconque de la terre de Meudon. Il y a des êtres comme ça qui choisissent, ou ne peuvent faire autrement, de voir uniquement chez l'autre le bon côté. Au bout d'un moment c'est d'un ennui mortel, mais il faut reconnaître la douceur de la chose. C'est juste qu'ici on n'est pas habitué.

Quant à Mimi et son mari – qui inspirait à tous sans exception un curieux mélange de gêne et de manifeste ignorance –, ils venaient partager en toute simplicité un bout de la soirée. Sur un lit d'anecdotes médicales peu savoureuses et de récits familiaux aussi blafards que nos mines ennuyées, nos ventres se sustentaient et on attendait que le temps passe le temps du dîner. Enfin débarrassés.

Il y a toujours eu à Meudon les invités du haut du panier, et puis les invités fades, et même parmi les plus réguliers. Et Colette, Mimi et son mari étaient des invités fades. Pourtant, les sentiments de Colette et de Mimi à l'égard de la Dame étaient sincères et dévoués, par un bout d'histoire partagée, de l'époque où Mimi et la fille de Colette suivaient chaque semaine les cours de la Danseuse, mais rien de tout cela n'y faisait : les mercredis étaient fades fades fades.

Régulièrement, le vendredi, Pascaline venait profiter d'un bon bout de viande et des potins de la maisonnée. Toujours à l'heure, souvent bien avant l'heure d'ailleurs, elle s'impatientait de passer au dîner. Conversant depuis son téléphone avec « mon chat » (son chéri) et expliquant mille choses à « ma p'tite amie » (c'est moi), Pascaline s'occupait avant de se mettre à table. Puis, systématiquement ses boucles d'oreilles et clefs de voiture posées sur la table à côté du canapé, et son grand torchon tout étiré sur sa tenue toujours très soignée, elle s'installait bien calée dans l'onctuosité de l'assise avec le trépignement de l'attente qui montait jusqu'à la satisfaction du dîner déjà anticipée. C'est fou comme les gens qui aiment ça, manger, mangent à chaque fois plusieurs fois : avant, pendant et après. L'imaginer, le vivre et y repenser.

Les samedis, c'était selon. Souvent un joyeux tête-à-tête avec la Dame et sa télévision, parfois un énième dîner si quelques invitations avaient été lancées.

Pour ce qui est de la télé, il faut dire que la presque centenaire n'était pas en reste pour dresser des portraits ! Ainsi, toutes les chanteuses et actrices étaient accusées d'avoir trop usé de la chirurgie ou d'avoir trop couché. Quant à ces messieurs, ils occupaient une place toute de tendresse chez la Dame. Plus ils étaient petits, ou jeunes, ou abîmés, plus ils suscitaient en Elle un doux sentiment de proximité.

Un de nos anciens présidents avait particulièrement la cote : « Il est tellement drôle ! Il s'agite partout, c'est parce qu'il est petit, il a besoin de bouger, mais il est très drôle ! On dirait un petit oiseau qui sautille tout l'temps ! » Tandis qu'un autre : « Oooh celui-là il est pas drôle, pourtant je crois qu'il a de l'humour, mais ça n'se voit pas. Vous avez vu ses petits yeux perçants ? On dirait qu'il est pas franc. »

Mais ceux qui raflaient la mise, c'étaient les chanteurs. Des années durant nous nous sommes relayés au fond des canapés autour d'un bon dîner, au pied du fauteuil face à la télé, et avons partagé ces moments d'intimité où la confidence n'était jamais très loin, entre deux chansons de *Star Academy* – Nikos étant Le chouchou télévisuel de la Veuve –, de *Nouvelle Star* – quelle passion elle nourrissait pour Christophe Willem et Julien Doré !… – et de tous les télé-crochets qui ont défilé. Elle a été affectée par la mort de Johnny Hallyday, qu'elle voyait aussi comme un chien sans collier, avec « une tristesse au fond du regard » qui lui inspirait à la fois pitié et sympathie. Puis ça partait sur Dutronc, l'homme aux chats, qui avait choisi de vivre au soleil, « il a bien raison, ici l'air est pas bon, moi aussi j'aurais dû partir, et m'installer à Menton ». En toute logique on arrivait sur Françoise Hardy : « Elle est si douce et si gentille, je l'aime beaucoup. Elle a pas d'voix mais c'est ça qui m'plaît, elle est douce. Elle parle pas beaucoup, on l'entend pas. Elle est si timide. Je la voyais dans le canapé, elle bougeait pas mais elle est charmante ! Ils font un beau couple. »

Et Aznavour. Il est venu en visite une fois. Assis avec sa tasse de thé, collé au fauteuil de Madame D., il n'entendait pas vraiment la Dame qui parlait. Et Elle ne comprenait rien de ce qu'il disait. C'était un labyrinthe de phrases qui ne se croisaient jamais ! Mais au-delà des mots, portés par la musique de leurs dissonances, les deux très vieux échangeaient au sommet ! Il y a des langages silencieux quand on ne peut plus s'entendre. C'était dans le regard et la douceur des sourires que nos célébrités semblaient s'être toujours connues. Avec amour, toujours, pour Aznavour : « J'aime beaucoup ce qu'il fait, il raconte bien. Vous avez vu son regard ? Il est gracieux… Et il est tout petit… il se déplace comme un p'tit oiseau. On dirait Piaf, c'est vrai vous savez, moi j'l'ai vue, on aurait dit un p'tit moineau, c'était incroyable une si grosse voix dans un si p'tit corps. On s'demande d'où ça sortait. C'est pour ça qu'on l'a appelée Piaf. » Et la soirée filait au son de ses inspirations.

De temps à autre, le couple le plus intellectuel des habitués faisait son apparition, avec de petits sachets contenant leur nourriture et quelques fruits, qu'ils remportaient s'ils n'étaient pas finis. Si la frugalité était dans l'assiette et toute dédiée à la bonne santé de leurs corps, elle n'était pas dans le phrasé. Qu'est-ce qu'il parlait, lui, l'Homme de lettres au verbe allongé comme un élastique qu'on n'en finit pas d'étirer… Il apportait le souffle de la scène littéraire parisienne avec une superbe de l'ego qui le plaçait immanquablement au centre de chaque sujet. En même temps, c'est que le personnage est savant ! Son sourire était entier et ses yeux pétillaient. Il gigotait sur le canapé comme un enfant qui a plein de choses à raconter. Mais il y avait aussi ses interminables discours qui vous prenaient à partie et vous emmenaient sur des planètes d'ennui qu'on préférerait éviter. Et la pommade que l'épouse dévouée n'en finissait pas de verser pour atténuer, affectueusement et avec minutie, les éclats bruyants de son mari. Immanquablement vous expliquant, en fin de soirée, qu'ils « préfèrent quand c'est vous le samedi Violine ». Parce qu'après tant d'années ces personnes ne savent toujours pas comment je m'appelle. Et répétant la même séduction ratée à Angélique ou Victor.

La Dame goûtait les visites de l'intellectuel renommé, pour qui d'ailleurs elle éprouvait une certaine tendresse, mais, irrémédiablement noyée dans sa propre dualité, elle ne pouvait s'empêcher de sussurer une fois la porte refermée : « Lui c'est le petit garçon, elle c'est la maman. Ils pourraient être frère et sœur aussi. Je crois d'ailleurs qu'il est encore vierge vous savez ! Et elle, elle me rappelle les nonnes. J'les ai connues moi les nonnes. Ma mère à un moment, elle voulait plus d'moi, alors elle m'a mise chez les bonnes sœurs. Elles vous sourient et par-derrière elles sont terribles ! Elles sont méchantes ! Qu'est-ce que j'ai souffert. Alors lui il est écrasé, c'est elle qui décide. Mais il est mignon, Benjamin, c'est comme un p'tit garçon, j'l'aime bien, c'est drôle vous avez vu i parle tout le temps, et il parle pas i crie ! Mais il est gentil… Il a bien réussi vous savez, il est content. Je crois qu'il est très heureux comme ça. C'est bien j'suis contente pour lui. » Le couple faisait partie des rares abonnés de Meudon qui parlaient de Céline avec la Dame. Et ça se terminait toujours sur l'iconique Bébert, car le duo partageait avec notre ancêtre la passion pour les bêtes. Enfin, immanquablement en fin de soirée, entre le jambon et la poire, Benjamin se mettait à sautiller gaiement devant la cage de Toto en tapant dans ses mains un rythme qui mettait notre piaf en joie. L'oiseau répondait à la fête par une danse frénétique des plus attendrissantes.

Ainsi se passaient les samedis, tour à tour aspergés de Paris ou aspergés de nous-mêmes.

Les « Oooh ! » et les « Aaah ! » des dimanches résonnent encore aujourd'hui comme des bulles d'existence prisonnières de l'étuve de Meudon. Furieuses giclées de sève et coups de fourchette bien placés, dans le méli-mélo des gâteaux et des invités, c'était le dîner le plus long. Mimi et son insipide mari revenaient à la fête, accompagnés de Gérard – le vieux danseur et ami de la Dame – et son épouse Yvonne, médecin elle aussi. Jack arrivait quand bon lui semblait, suivi parfois de quelques invités, ce qui faisait trémousser les patates que nous sommes dans le jus du poulet meudonnais.

Une fois, Yvonne et Gérard avaient offert à la Dame un saumon fumé venu d'Islande que leur fille, expatriée dans cette lointaine contrée, leur avait rapporté. Il faut dire que le saumon fumé figurait en bonne place dans la liste des mets favoris de la Veuve, avec les petits financiers, les crottins de Chavignol, les patates sautées, la sole, le homard et le porto. J'avais reçu l'ordre de garder précieusement la bestiole au frigo afin de la déguster en grande pompe en compagnie de notre gourmande Pascaline, qui s'en faisait d'avance un régal et devait orchestrer ce fabuleux dîner ! C'était sans envisager l'urgente appétence de la Dame et ma joyeuse désobéissance qui, stimulées par l'énergique insistance de Lola, avaient court-circuité le projet culinaire de la vorace sous-cheffe. Lors d'une de nos soirées, nous nous étions saisies du poisson pour un festin tonitruant de gamines qui me valut par la suite de sévères remontrances : « Enfin Violette ! Vous ne pouviez pas sortir ce saumon ! Il ne fallait pas écouter Madame D. ! Ne vous laissez pas faire par Lola, elles sont terribles quand elles sont ensemble ! Ma p'tite amie, on avait dit que ce saumon on le gardait !... »

Des années plus tard on en parlait encore... Le jour où Violette avait soustrait le bien réservé à Pascaline pour le livrer à un immature dîner... C'est dire combien ici chaque chose, jusqu'au moindre bout de chair, avait sa valeur et son étiquette, et gare à celui qui y touchait !

Gérard, le gracile danseur et l'ami de toujours, était le seul encore vivant qui, adulte, avait connu Céline. L'expérience dans le récit lui, il l'avait. Filiforme et plutôt beau même très âgé, il avait la voix qui chante et qui répète toujours les mêmes scénarios. Celui de la mort du Maître, puisqu'il dit qu'il y était. Il reconstitue au rez-de-chaussée de la maison, avec ses bras gracieux et son corps léger virevoltant en petits pas chassés, le décor du temps jadis. Chaque chose à sa place : « Le lit de Céline était là. Sa table ici. Il est mort ici. J'étais là, ici, à côté du lit. Là il y avait ses papiers. Là il y avait une cloison. Il y avait quatre pièces. Et son lit était là, là où vous faites la cuisine maintenant. Sa table était là, avec tous ses papiers. J'y étais, moi. C'est là, là, qu'il est mort… », dessinant de ses doigts élancés les dimensions du lit mortuaire au-dessus de notre misérable plan de travail.

Le temps faisant, à force de se répéter, Gérard a laissé sa trace de souvenirs, comme la Fée Clochette sa poussière de fée, dans quelques revues littéraires ou ouvrages maigrement édités, une traînée de nuages du passé, si légers qu'ils ne disent pas grand-chose mais ont le mérite de hisser l'illustre défunt vers le monde des vivants. Tout doux le Gérard, si proche de la Dame, tout en velouté d'amitié, il avait une place choyée dans son cœur de danseuse. Même si la moquerie sur ses escapades fantasmées, notamment avec Brigitte Bardot à laquelle il se serait refusé, ou sur ses récits concernant l'Écrivain n'était jamais loin une fois le vieil homme élancé disparu, jusqu'au dimanche d'après.

Et puis, accompagnant la musique de cet emploi du temps régulier, les cartes se redistribuaient au fil du temps, selon les invitations, de Jack, de Pascaline, de Lola, de Christophine ou des autres, sans oublier les invités d'invités, et surtout selon les années qui en laissèrent plus d'un sur le carreau et en éloignèrent certains vers d'autres sphères où s'attabler de nouveau. Avec, en dernière survivante des anciens de Meudon, Madame D., notre ancienne à nous, résistant coûte que coûte aux départs et passant progressivement de l'animation du salon au silence immobile de la chambre.

Extravagante maison du désir, tu as vu passer dans les battements réguliers des visites un arc-en-ciel de vieux bavards, de jeunes talents prometteurs et d'êtres de tous horizons qui venaient pour la nébuleuse émotion de ta porte franchie, de l'odeur habitée de tes murs, et pour l'exquis privilège d'être là, tout simplement, au pied de ta Reine.

XIV

You and Me

Avec Lucette Destouches, c'est You and Me marqué dans le cœur For Ever. Enfin… c'est plus Me que You. Mais ça, on s'en rend compte plus tard. Elle a une façon de vous embarquer et de ne plus vous lâcher qui vous fait chavirer et annihile tout espace vital. L'étreinte est forte, si profonde que l'on devient tous, indifféremment, sa « petite chose ». Elle a l'art de vous réduire l'âme et de faire taire en vous toute la beauté de ce qu'on appelle « liberté ».

Encore faut-il le voir, et je me demande si tous les miroirs de la maison ne sont pas là pour éprouver la chute vertigineuse de ceux qui entrent dans la vie de la Dame. À force de s'y voir en Elle on ne se reconnaît plus. « Ouh ouh… », on devient une guirlande de fantômes.

On est tous arrivés fringants et beaux comme des sous neufs, à peine habités par la vie qu'on trouvait déjà éprouvante, mais c'était la nôtre. Ça fait toute la différence.

Progressivement les langues se délient, les corps s'affaissent, des rituels s'installent, et les créatures ou les pèlerins de Meudon s'imprègnent d'un air hier encore inconnu. C'est la joie première de la rencontre, quand la relation débute au quart de tour dans le sous-sol de notre être.

On se sent autre au contact de la Dame, elle vous envoûte, par mille et une paroles flatteuses, légères, cinglantes, poétiques et complices. Son charme aérien se déploie sans réserve, à travers l'extrême pâleur de ses yeux bleus, les circonvolutions de ses doigts tordus qui dansent dans les airs comme un air de flûte, le port de la nuque qui semble dominer l'espèce humaine d'une ligne autoritaire et parfaite, ou sa nudité qui mêle l'innocence à la violence d'une suprême aisance. Est-ce parce qu'elle est femme de Céline ou parce qu'elle est femme d'elle-même que Madame D. nous cisaille en mille morceaux et qu'on en redemande ?

Je voudrais collecter tous les « avant/après » inscrits dans la mémoire des miroirs qui portent à jamais la trace de nos métamorphoses. Magicienne hypnotique et volubile, la Circé de Meudon a figé dans la pierre poreuse de la maison nos sueurs amoureuses et nos fragiles libertés. Parce que chacun, du plus puissant à la plus séductrice en passant par le plus rebelle ou le plus candide, à un moment a aimé cette femme-là, ne fût-ce qu'un court instant, celui où elle renvoie la passion dévorante de son être avide de vous croquer tout cru. Chatte, oiseau, lignes et danses s'agitent dans le corps de la Dame pour dresser un piège sulfureux dont on ne peut réchapper.

Elle accueille, avec la mélodie des « Ouh ouh », « mignon », « mignonne » ou « petite chose », celui ou celle qui s'approche d'un peu près. Et là c'est You and Me qui commence.

Racontant les mêmes choses à chacun avec le don de la « toute première fois », Elle trône en Madone fantasque et vous prend sous son joug. Elle écoute vos malheurs et vos joies qui, d'un battement de ses cils, deviennent de véritables tragédies grecques faisant de vous le héros d'une vie enfin remarquée. Elle patiente et croule sous vos anecdotes qui, plongées dans la brillance de ses yeux, se changent en de grandes épopées dont vous sortez toujours avec l'illusion d'être vainqueur de l'intérêt suscité. Enfin, elle vous achève d'un frémissement de sourire qui pourrait dire « je t'aime », mais ne le dit jamais, lorsque le rictus dessine une empathie sortie de nulle part et vous embarque loin dans les contrées complices d'un amour naissant. Illusions, jeux de dupes, masques et fanfreluches du cœur se bataillent un bout d'existence dans SON existence.

Lola est l'emblème de cette dévorante étreinte qui ruisselle entre les murs de la maison, perle au-dehors et assèche finalement la captive sans même qu'elle s'en rende compte.

Tsunami à Meudon, bruine sur les toits de Paris et désert dans vos maisons. Voilà le progressif et renversant effluve de la Dame, protégée par on ne sait quelle prouesse apathique des tourments d'autrui. Elle n'a jamais posé un pied sur la terre de ses conquêtes pour constater l'aridité qu'elle y avait semée.

J'en ai vu quelques-uns passer dans sa vie, avec la passion de la précieuse relation, qu'elle dure le temps d'un dîner, vingt ans, ou relève de ces très longues amitiés dont on ne sait plus qui est mort en premier.

Je me souviens de ces jeunes hommes, tous plus beaux les uns que les autres, souvent bien occupés dans le monde extérieur à danser, chanter, plaider et exister, qui venaient à Meudon pour le moment d'étreinte qu'on allait leur donner. Généralement au centre de la cour, ces êtres de beauté rayonnaient pour la Dame comme l'aurait fait un bon petit financier, tout sucré pour les sens et un peu gras pour la bouche. Ils apportaient à son dîner une saveur de plus, une de celles qu'au moins cette fois-là on ne lui refuserait pas.

Parce que l'un de nos plus durs combats, inlassablement répété, était la danse du « non » face aux suppliques incessantes de notre vieille gourmande. Femme de l'excès, pour une tartine, un gâteau ou une flûte de champagne, elle avait développé un art de la conviction qui laissait tout le monde à terre, coupable d'obscène insistance et à genoux comme un peuple vaincu. Du haut de son crâne de danseuse bien accroché à la nuque qui avait soudainement poussé, et sous son front allongé par le puéril étonnement du regard, en un éclair se dressait un visage habité de l'impérieux désir de vaincre ce « non ». Jouant habilement d'impatience et de séduction, victime de son irrépressible appétit, la Dame se changeait en chatte magicienne pour convaincre, toutes griffes dehors et miaulements incessants, son terrible adversaire de céder à sa capricieuse et vitale nécessité. Et là aussi c'était You and Me. Par ce combat on entrait dans le couple. On n'était plus que deux, vertige vertige, dans un tourbillonnant face-à-face où l'une et l'autre parties se nourrissaient d'un duel sans fin. C'est que sa distance était si grande et son cœur était si loin que chaque interstice de rencontre devenait une tanière magnétique qu'on voulait irrépressiblement partager. Et le combat se menait si possible devant une assemblée !

Jusqu'à son dernier souffle, la Veuve a cherché à manger cet ultime bout du « non » qui passait dans sa vie depuis tant et tant d'années. Faisant entrer dans sa lutte pour la satisfaction gustative des enjeux de l'amour dont on ne sort pas indemne. On sentait qu'elle allait tout entière dans la béante opposition, qu'elle y mettait tout son être. L'enfance, l'abandon, les errances, le froid, la fuite, l'ascèse de la danse, celle de sa vie d'épouse, les chiens, les chats et même les perroquets, tout le monde de sa vie-solitude s'animait et vous crachait au visage son besoin d'exister… dans une dernière bouchée.

Alors comment ne pas succomber aux caprices quand ils crient famine et promesse et liberté ? Comment ne pas capituler quand on vous invite à ce point à entrer dans la danse pour partager un peu d'un « nous » sur le radeau de l'amour ?

C'est comme ça qu'elle en a joyeusement entraîné certains dans des virées insensées, et d'autres dans d'éphémères ébats ou combats du même ordre, pour un nouveau sac, un panier, un susucre de plus ou un rutilant balai, ou pour gambader là où il lui chantait, pendant que les laissés-de-côté fulminaient.

C'est le don de la Dame de vous saisir, qui que vous soyez, et de vous avaler dans son évanescente existence depuis le gouffre avide de sa vie solitaire. La Danseuse a un appétit d'ogre qui n'est jamais satisfait.

XV

Le bal des vampires

Les dîners se tiennent le dimanche et le mercredi. Les habitués de la soirée, plus ou moins avachis dans les canapés, et les chiens derrière la porte guettant les restes s'agitent et font tinter leurs voix comme une meute autour de la Louve qui trône à demi allongée dans son grand fauteuil.

Juste vêtue d'un T-shirt et de son rouge à lèvres, flottant dans un nuage de jasmin, la Dame ne s'occupe que de Toto et lui donne la becquée dans un gratouillis qui le met en émoi. Mais celui qu'elle surnomme son « Mooossieur », son « Dazie », son « Oooh », n'est jamais rassasié. Comté, viandes, fruits et pommes de terre sautées, tout lui passe dans le gosier.

Une des choses les plus raffinées de la faune domestique qu'il m'ait été donné de voir, c'est Toto décortiquant avec adresse un grain de raisin. D'une papatte crochue il tient son équilibre et de l'autre le fruit. Et son bec qui n'en finit pas de pousser vient minutieusement et dans un même mouvement cisailler, éplucher et picorer le petit fruit rond. Sa tête dodeline et son être savoure dans un léger tremblement des plumes son mets délicat.

Jack vient toujours pour les dîners du dimanche, tout le monde l'attend comme le Messie. C'est qu'il arrive encombré de bonnes choses et suivi de près de quelques invités. Quand il entre, c'est Versailles à Meudon ! La cour est à ses pieds. On va faire ripaille ! Et, mieux que du poulet, c'est la vanité que chacun est venu chercher. Que s'est-il passé dans la vie mondaine ? Le dernier potin sur un procès en cours ? Tiens, qui sont donc ces personnes qu'il a ramenées ? Chacun y va de sa curiosité, et dans chaque poignée de main qui lui est donnée résonnent les trémolos de la renommée. C'est le bal des vampires. Ce soir, que va-t-on sucer ?

Il se fraye un chemin parmi cette avide assemblée et va tout de go vers sa bien-aimée.

« Bonjour mignon », « Bonjour petite chose », c'est selon.

« Bonjour Lucette », « Bonjour Madame D. », « Bonjour petite chose », c'est selon.

Avec un discret raclement de gorge en forme de sourire, les yeux pétillants et la bouche gentille, il dépose toujours un baiser sur le front de la Dame.

Ça y est, le dîner peut commencer.

À ce moment-là, Pascaline d'ordinaire a déjà fini son assiette et confortablement se détend dans le canapé. Les autres oublient d'apprécier les bons plats qu'on a préparés, car plus le sujet rapporté de la rue du monsieur leur sied, plus le poulet rentre dans le fond de leurs gorges affamées. On dirait des oies toutes trémoussantes devant leur fermier. Et Jack mène la danse et la Danseuse s'amuse et s'oublie dans un grand écart du regard qui va de la cage de Toto à sa cage humaine. Et les piafs de Meudon continuent de cancaner pendant que la Dame contemple en silence des choses que nous ne voyons pas.

Se promenant au jardin, son œil vogue le long des rosiers de Vilmorin, ceux dont elle raconte que c'est Louise qui les lui a donnés. Et généralement de poursuivre sur l'histoire de la belle héritière et de son prétendant : « Louise me racontait que pour la séduire Malraux hurlait comme un loup, toute la nuit il hurlait comme un loup. Il l'appelait. Il était fou, vous comprenez, et il était fou d'elle. Il aimait beaucoup les bêtes, et dans les dîners, sur la grande table, vous imaginez des tas de gens, tout l'monde était là, et tout à coup les chats entraient. C'est qu'il avait fait des trous dans les portes pour que les chats puissent passer. Alors les chats montaient sur la table et là, tout l'monde se taisait. C'était drôle ! Vous imaginez… des gens très importants, qui avaient beaucoup d'choses à raconter, et les chats passaient sur la table et tout l'monde se taisait. J'aimais beaucoup Malraux. »

Tant de fois l'histoire m'a été contée que ces vieux rosiers tout fripés respirent furieusement pour moi le parfum du passé. À peine une fleur s'ouvre au matin, délicate et naissante, qu'elle vieillit aussitôt au coucher. Même sous la plus claire lumière du plus bel été les fragiles pétales ont l'air recroquevillés. Ce sont les rosiers Pompon de Meudon, courbés par le poids des fleurs en grappes, piqués et vieillis comme notre argenterie. Arrondies comme autrefois le corps de la Dame, et aux pétales crochus comme ses mains abîmées, les lourdes fleurs n'en finissent pas de mourir. Il n'y a plus de naissance quand on est trop vieux, chaque éveil est déjà trop chargé des anciens. Comme les femmes de Meudon, les roses du jardin, fidèles et résistantes, paraissent toujours fanées.

Madame D. a une tendresse particulière pour cette végétation féminine, la seule qui ait résisté, entourée des vieux buis austères et courbés et des vasques bleues de Céline dans lesquelles rien ne pousse à part le chiendent qui gagne toujours la bataille sur les gracieuses plantations qu'Olivier s'efforce de renouveler. Il faut croire qu'il est des terres arides, au-delà du climat, qui viennent de la nature humaine, que certains ont bien asséchée. Nul ici n'a su pousser sur le sol du Maître. Même si, dans la bonne ou moins bonne société, des petites graines ont été plantées, ou si quelques fiers et vigoureux talents ont su se distinguer, il y a sur le terrain célinien un homicide distillé qui tue dans l'air tout élan vers la postérité. Elle le sait. Que rien ne résiste à la terrifiante immobilité de ce lieu hanté. Elle en joue, se réjouit même, se repaît, de tenter tant de vies à entrer dans la sienne. Liée pour la vie à son homme, elle continue de tisser la toile de son hostilité.

Si Céline renvoyait au portail tout visiteur, Madame D., une fois passé le filtre de Jack, toujours là pour la protéger, accueille à bras ouverts pour mieux dévorer. Chacun y trouve son compte. Elle, la joie, l'amusement d'un jeune chat ou d'une vieille expérimentée, et même l'affection. Les autres, l'illusion, le vertige et la capitalisation. Paradoxale, elle disait : « Je sais bien qu'on vient pour ma pomme, mais j'ai rien à montrer. Ça m'amuse, les gens, y en a des gentils, mais j'aime pas être dérangée, j'ai rien à montrer. J'aime pas qu'on m'voie, j'ui ai dit à Tintin [Jack] mais i s'en fout. Alors j'ferme les yeux, et j'écoute. Parfois c'est drôle, c'est amusant. Mais au fond, tous, i veulent voir Céline, pas moi. Alors ça sert à quoi qu'ils viennent ? Céline, lui, il s'embarrassait pas, i flanquait tout l'monde dehors, y en avait qu'certains qui avaient l'droit de grimper. Ils étaient pas nombreux. Mais moi j'suis trop faible, j'me laisse faire, alors les gens viennent. Mais au fond, j'veux pas. »

Mais revenons à la soirée, tant de fois répétée…

Comme pour accompagner ce dînatoire ballet de quelque grâce improvisée, Jack, dans un élan d'aise profonde, balance une jambe par-dessus la table et se la colle au visage. C'est son fameux rituel quand on passe au dessert. Une façon de crier avec le corps : « Liberté ! », et puis un peu aussi de se faire remarquer. Parce que ça ne manque jamais : les « Oooh ! », les « Aaah ! » et toute la panoplie des regards amusés qui se tournent à ce moment-là exclusivement vers lui l'avocat qui voudrait bien briller.

Les histoires du barreau n'en finissent pas d'intriguer, quand ce n'est pas un de ses jeunes invités qui se met à danser, à moitié déshabillé, sur une des tables basses au milieu des assiettes. Souvent les rires commencent gênés, mais la tendresse ou l'admiration portées à l'avocat transforment le petit peuple convié en jubilatoire tribu solidaire de ce gourou hyper sexué à l'allure raide comme un piquet. Toujours ses souliers usés nonchalamment posés sur la scène, Jack, le sourire aux lèvres, caresse son crâne rasé avec des yeux amusés. Quelle éclatante tendresse émane du mentor au costume périmé quand il crie « Encore ! Encore ! Vas-y ! » à son jeune disciple ! Seule une mère est capable d'imposer tel innocent excès à toute une assemblée devant supporter le chaos de sa progéniture. Mais ici, comme l'air est dévoyé, il y a du chic, pour ne pas dire de l'ivresse, à s'engouffrer dans si peu de dignité. J'ai vu des personnes des plus respectées se livrer au jeu du déshabillé, laissant tomber toute marque d'éducation et flottant dans la fange d'une euphorie partagée.

Je me souviens d'un soir de dîner où l'Avocat nous ramena quelques autres hommes de loi. C'était l'été, la saison des salades composées et des produits frais. J'étais en cuisine sur la toile cirée et je découpais mon avocat. Quand un premier entra, dans son beau costume sombre et chemisette légèrement déboutonnée. D'un air amusé, il s'approcha. Au milieu d'un « Bonjour… Violette ? » marqué d'une certaine hésitation sur mon prénom, en vint un second, plus détendu et plus jeune. Tandis que mon couteau sous l'écorce s'attaquait à la chair, on me lança : « Comme vous êtes adroite Violette, on dirait que vous avez fait ça toute votre vie. Ça a l'air bon… » Et dans ma tête Toto qui ricanait « C'est bon heinnn… ? » sur les épaules de ma condition. Ben non, Toto, c'est pas bon de vivre ces choses-là. Il n'y a pas de mots pour décrire ce que ça vous fait d'être coincée sur une toile cirée avec trois avocats à tailler, et de supporter, le sourire aiguisé, ces aimables platitudes testostéronées doublées d'un sens certain de la supériorité. Même un couteau à la main. Alors, dans une pirouette de soubrette et un air concentré, j'écrasai l'avocat d'un bon coup de fourchette. Décidant ce soir-là que je ne servirais pas mon beau plat d'avocats savamment empilés mais du guacamole ! Bon appétit, messieurs.

De temps à autre, l'invité a de la classe. C'est le cas de la gracieuse Bellinda, à la silhouette si fine que tout ce qui l'enveloppe semble trop lourd à porter et en même temps auréole son incroyable présence. Des dizaines de bracelets et un sourire trop grand habitent un corps si étroit que la féminité tout entière chez cette excentrique avocate déborde de partout et nous emmène tous, ruisselants de plaisir, l'écouter conter ses aventures du barreau parisien. Madame D. voue à cette femme libre par excellence une tendresse absolue et s'amuse à la comparer à un frêle oiseau tout sec au plumage noir et à l'âme colorée. C'est que l'avocate s'habille toujours en noir, assorti à ses yeux, ses cheveux, et au mystère qui l'entoure. Elle organise chez elle des fêtes invraisemblables où, du commerçant à l'acteur en passant par l'artiste de cirque et quelques amuse-gueules en costume bien choisis, le Tout-Paris se presse pour être accueilli. Elle partage avec la Dame, et avec Jack, le goût pour la jouissance et la liberté.

Mais, quels que soient le raffinement ou la belle notoriété des invités, sous les masques du début du repas, des savants maquillages et autres traits tirés, montent immanquablement à un moment donné des odeurs qui ne ressemblent qu'au peuple pourtant méprisé. Un peu de viande, quelques potins, et un air de sexualité met tout le monde d'accord ! Ensuite, tout est affaire de légitimité. Et à Meudon, tout est légitimé le temps d'un dîner.

XVI

Le temps qui passe

Mais ça c'était avant, les dîners. Quand la Dame descendait encore. Toujours pieds nus, enveloppée de parfum comme un gros nuage dans son T-shirt en lin délavé, la bouche maquillée de rouge Guerlain qui débordait, clopin-clopant, le corps brinquebalant donnait le ton aux notes craquées du bois de son tendre escalier.

Avec le temps qui passe, la maison peu à peu s'est recroquevillée. Tout a fini d'être aspiré du jardin vers SA chambre, vers ELLE. En vingt années j'ai vu la Dame engloutir les choses comme les gens, et jusqu'à sa demeure. De la végétation du jardin qui se faufile partout gagnant chaque jour en souplesse, aux êtres grouillant comme des vermines, jusqu'à l'agitation de la maison, la Veuve de Meudon a tout fait converger vers sa personne dans une dévorante nécessité aussi magistrale qu'inspirée.

Alors oui, bien sûr qu'elle a faim, tout le temps, même quand elle mange elle a faim, et la raison invoquée, ses privations de danseuse et de la vie, ne m'a jamais convaincue. « On mange pas quand on danse. Quand on danse on doit disparaître. Il faut qu'il reste presque plus rien. Pour être dans le mouvement. Alors je mangeais le soir, après dix-huit heures. Louis avait peur que je m'évanouisse, mais il le fallait bien ! Il avait compris, mais il était inquiet… C'est comme ça. Alors après, j'ai toujours eu faim. Parce que j'ai eu tellement faim… » Elle avait beau m'expliquer son insatiable appétit par le récit de ses jeûnes, choisis ou subis, je n'y croyais pas.

J'ai toujours senti qu'il y avait autre chose dans cette façon d'absorber le monde en elle. Mais pas n'importe quel monde. Celui dont elle goûtait particulièrement les saveurs. Le reste, c'était un rejet, de ceux qui vous glacent le sang. Pour le reste du monde, il y avait dans ses yeux une indifférence abyssale, proche de celles qui mènent aux pires exploits d'inhumanité dont l'homme peut faire preuve.

Je ne saurais dater le moment précis où la force centripète exercée par la Dame s'est mue en véritable cauchemar de sa vie, et ponctuellement de la nôtre. Tant qu'il y a du mouvement, on ne prête pas forcément attention aux énergies contraires. Mais quand tout s'arrête, la façon dont s'exerce la puissante existence de l'être vous saisit par le ventre comme un poisson déchiré par l'hameçon et vous pousse à subir les implacables agitations de celui qui vous pêche.

Comme toute histoire d'ogre, celle-ci s'est construite autour d'un féroce appétit. Ainsi, peu à peu, nous avons tous été pêchés puis mangés dans un effroyable banquet qui a duré des années, jusqu'à nous laisser, suffocants, seuls, tout agités et sonnés un jour d'automne sur le parterre de sa vie, au pied de ses cent sept années.

Mais quand la vie a forcé le chemin du vivant, si loin, si loin du côté du silence, il s'est engouffré dans Meudon un vent sombre et putride, fait de chair et de sang, de macabres créatures et de vils sentiments. C'est le temps qui passe qui s'est déposé comme un voile implacable sur la maisonnée.

Tout a commencé par quelques chutes, d'abord celles que l'on met sur le compte d'une escapade de trop, ou d'une énième fantaisie déraisonnable pour un corps déjà trop fragile. Et comme au *Cluedo*, à Meudon il faut trouver un coupable, ça se termine invariablement sur la mise en cause de notre responsabilité de domestiques. Toujours est-il que, de-ci de-là, Madame D. s'est maintes fois effondrée. Au seuil de la porte d'entrée, décidée à crapahuter vers un joyeux bout de vie hors les murs, au pied de son lit pour avoir tenté une sortie nocturne animée par on ne sait quel désir de fugue, ou encore au sortir de sa gigantesque baignoire à bulles rose bonbon parce que les jambes parfois se transforment en guimauve, prêtes à fondre et s'étaler sur le sol. Mais les plus nombreuses furent celles de l'escalier. Le jour comme la nuit, et sans crier gare, entre l'appel du salon et celui du sauna au sous-sol, la Dame a virevolté tant de fois le long du bois-squelette de sa vieille maison.

Peu à peu, aux malheurs du corps se sont ajoutés les délires de l'Ancêtre, moments d'évasion de l'esprit prisonnier d'un organisme trop vivant dans un temps trop long. Ainsi, au matin on trouvait régulièrement la « pièce aux vêtements » dévastée comme après le passage d'un fougueux ouragan. La pièce aux vêtements est une sorte de caverne échevelée, coincée entre sa salle de bains et sa chambre, remplie du sol au plafond de tissus, habits, sacs, papiers et vieilles cassettes audio, enchevêtrés dans une improbable architecture faite d'armoires, de malles, d'étagères en rotin, de paniers en osier, d'échelles en bambou et de portants métalliques. Cette pièce, tout s'y dépose au fur et à mesure de la rationalisation de la maison ordonnée par Angélique, et vient grossir l'existant, déjà croulant sous la poussière accumulée et gigantesque banquet des petits habitants de la maisonnée, souris, mites, araignées… Tout ce qui « ne sert plus » dans les espaces visibles et peuplés se retrouve confiné là dans les souvenirs du temps. Avec les années s'est créé, dans cette étrange pièce, un véritable théâtre témoin des changements intérieurs de la maison. Ainsi donc, de temps à autre, Madame D. se levait la nuit, à la recherche de je ne sais quel cachemire, et retournait toute la pièce, faisant voler, comme au temps des oiseaux dans sa salle de bains, tous les linges qui lui tombaient sous la main !

Mais le temps qui passe écorche aussi sur son chemin le nid fragile de la conscience et crée par surprise un tumulte au fin fond du cerveau, qui éclate en feu d'artifice de pensées confuses et violentes.

Un jour, à force de médicaments trop régulièrement absorbés, le corps a dit non, de ce « non » qui horripile la Dame. Et jusqu'à la folie, la plongeant dans un combat tout autre que celui quotidien des tartines, le trouble implacable causé par un temps trop longtemps supporté a sonné haut et fort le glas du chaos. Il en allait de sa survie.

J'entends depuis le rez-de-chaussée des paroles incessantes et de plus en plus agitées. Précipitamment je dévale l'escalier, fidèle témoin dans cette nouvelle période meudonnaise qui nous voit toujours affairés à quelque urgence auprès de la très vieille Veuve alitée. Les yeux exorbités, redressée comme un « I » et la bouche entrouverte à l'écume mousseuse des jours qui annoncent la fin, un cri d'effroi m'accueille et me presse de venir à son chevet. J'essaie d'attraper ses mains qui se débattent et semblent repousser tout mouvement de mon corps, je suis l'ennemi. Et à la fois la sauveuse. Elle a besoin de moi, m'implore mais ne me voit pas, elle voit un monstre. J'attrape ses mains difformes, elle croit sentir des araignées lui grimpant sur le corps. À chaque caresse elle tremble et regarde son mari, qui se tient à mes côtés.

« Il est là, il est là. Tu le vois ? Louis… Il est là, tu le vois ? Il m'appelle. Tu l'entends ?

– Non, Madame D., il n'y a personne, juste moi, et vous, tout va bien…

– Mais il est là, regarde… ! »

La situation empirant, je téléphone à notre fidèle jardinier, qui est de toutes les urgences et habite à côté, et à Jack, qui ne peut pas ne pas être là si la Dame décidait de partir avec son fantôme de mari. Olivier arrive presque immédiatement, l'Avocat a pris le temps de bien se vêtir et même d'épingler sa Légion d'honneur sur sa veste bleu marine. Je ne sais s'il dort avec, s'il est prêt pour la presse ou pour saluer ce possible et mémorable départ, ou les trois.

Toujours est-il que le trio se retrouve sur SA main, la mienne dans sa vieille peau, dans sa main tordue comme un bec et douce comme ses milliers de sourires dont elle m'a caressée. Recroquevillée tout entière sur la mienne, Madame D. est devenue une toute petite boule d'effroi. « Légère » elle l'appelle, ma main, la réclame, et soudain la trouve « lourde comme une pierre ». Elle a sûrement raison.

Je ne peux mesurer l'amplitude de sa suprême sensibilité dans les contrées qu'elle parcourt sous nos yeux démunis.

Elle part… Elle part dans une forêt de ronces, agrippée par les branches du temps trop long, trop fou, se débat, contre tout, contre nous, et la vie revient au galop. Les créatures de ses peurs entravent sa course délirante, et tous ses fantômes la regardent passer. On se demande où se niche une telle énergie quand la douleur de l'âme crie fureur. Entre ses petits os il doit couler un fluide comme un jeune torrent qui à fond la caisse chevauche vaillamment chaque virage, de plus en plus raide et de plus en plus sec. Et ça remonte, ça remonte jusqu'au cerveau, au bord de la bouche ça explose, arrivé au regard ça jaillit comme un projecteur dirigé sur un autre monde. Que nous ne voyons pas. Qu'elle est seule à voir.

Jack, très éprouvé, tentant de se frayer un chemin dans le monde des araignées, est rejeté de plus belle par notre vieille agitée. Olivier, en retrait, est rempli de discrètes attentions. Moi, je cherche à apaiser le chaos centenaire.

Dans cette interminable nuit suspendue sur le maigre fil de la vie, Madame D. a fait souffler de ces vents de tempête où la tête nous tourne. Au matin je suis renversée comme une crème, j'ai touché le ciel de ses cieux, et le ciel de son bec au bout de sa main, et j'ai voyagé, effrayée, dans un de ses pays du « temps qui passe ».

Il y en aura d'autres, des délires de persécution et des visites de fantômes, où la bouche se creuse, écume, et où les membres tout entiers semblent retrouver force et jeunesse à se débattre dans le monde d'entre les morts, les rêves et les vivants. Et chaque fois, la même sensation que le temps qu'elle force à force de vivre l'amène à des rencontres que nous ne pouvons voir.

Dans ce bout du monde de l'âge la maladie elle aussi est entrée, venant creuser un corps déjà bien abîmé. Des années, que dis-je ?, une éternité, de lente progression de sillons et de plaies, de douleurs et de soins répétés. Comme un écho qui n'en finit jamais de tinter, les blessures du temps apparaissent, disparaissent et réapparaissent, tant et si bien qu'on ne sait plus au final qui résiste à qui. Est-ce la Dame qui survit aux cruels assauts de sa vie ou le poison du vieil âge qui n'en finit pas de suinter par tous les pores de la chair ?

Avec la musique des blessures du temps est apparu le temps incertain de la fin. Et le rythme des visites du premier Meudon a laissé la place à celui des soignants, nous y compris. Quelques médecins se sont succédé, après avoir mal travaillé, ou trop bien travaillé, selon l'usure de certains ou un ami à placer par les instances dirigeantes. Mais chacun, à sa façon, a fait son temps avec fidélité jusqu'à ce qu'il soit lui-même aspiré par la diabolique maisonnée. Ils ont fui sûrement eux aussi avant d'être mangés, tombés dans un canyon ensanglanté, noyés dans les fluides de la Dame, ou tout simplement broyés de désillusions venant du monde à demi mort de Meudon.

Peu à peu, le lit moelleux de la Veuve a été remplacé par un lit-cage à barreaux, et tout un tas de choses, portant les traces à moitié pourries de sa vie, sont devenues comme lui soigneusement aseptisées et médicalisées. Les infirmières sont arrivées, toutes plus attentionnées les unes que les autres. Chacune dans son style, elles étaient des piliers auxquels on pouvait s'adosser. Supportant les râles et les effets de la douleur causée par leurs soins minutieux, imperturbablement elles sont restées tendres et fidèles à leur vieille dame toute déchiquetée. Avec elles, la maison a pris le pouls régulier des cris de souffrance venant du premier. Et chaque matin, à l'heure de Marie, Sabine, Cécile ou Rebecca, on entendait résonner dans les murs du salon et jusque dans le café les vibrations d'un corps qui dit « non ». Je cherche encore à comprendre ce qui résiste le plus à la vie à la mort chez ma vieille ancêtre. Et je me demande encore : Est-ce la Dame qui survit aux cruels assauts de sa vie ou le poison du vieil âge qui n'en finit pas de suinter par tous les pores de la chair ?

Au beau milieu du désastre déjà bien organisé autour de sa personne rétrécie jusqu'à l'os, comme si cela ne suffisait pas, notre Veuve, un soir, tomba une dernière fois. Cette fameuse chute, le long de l'escalier. 101 ans, anesthésie générale, chirurgie, soins et retour à la maison. Une rescapée. Et, au bout du lit, une grille arquée formant un monticule, un nouveau relief à contempler, protégerait pour de longs mois le tibia complètement arraché. Une greffe. Comme les méduses, Madame D. se renouvelait et n'en finissait pas de durer. Le beau chirurgien lui-même n'en revenait pas ! On lui a pris une bande de peau de la cuisse, et hop !, on l'a recousue comme une poupée. Et le temps qui passe a œuvré : notre Veuve s'est requinquée à moitié. La vie a continué, redoublant d'horreurs corporelles et domestiques, et d'escapades de l'esprit vers les contrées de l'éternité.

Devenue, pour tous ceux qui approchaient son indicible intimité, définitivement une toute toute petite chose, notre Pharaonne continuait cependant de régner malgré l'épuisant assèchement des années. C'était une histoire sans fin. On avait franchi le cap du vivant et même défié celui de la mort, on était plongé dans un sentiment d'immortalité.

Le temps qui passait désormais se répétait, et chaque jour de me demander : « On est en octobre ? On ira au jardin ? On n'ira pas au jardin alors… ? Et Angélique ? Vous aimez la cuisine d'Angélique ? Qu'est-ce que c'est ? Qu'est-ce qu'on mange ? Mmm, c'est bon… Encore… ! » Dix fois, cent fois, du matin au coucher, la même rengaine et la même façon de vous attirer vers des zones aliénantes qui malmènent votre lucidité.

Nous avons tous travaillé d'arrache-pied à sa longévité, et, au-delà, à sa protection au fur et à mesure de l'étendue de sa fragilité. Comme un prolongement de nous-mêmes, Madame D. était devenue l'un de nos membres, tout handicapé et bien laid, repoussant et gênant, mais avec lequel on doit vivre, s'habituer et soigner. C'est qu'elle nous avait déjà tous aspirés, davantage que par sa sève et sa patte de velours, maligne et séductrice des premiers temps, elle nous avait aspirés par le dedans de nos êtres. Elle a su plonger au tréfonds de nos âmes, avec son traître ami le temps qui passe, des trésors d'humanité que d'aucuns, à commencer par elle-même, ne sauraient expliquer.

Avec le temps, je ne suis pas d'accord, tout ne s'en va pas. Quelque chose vient. Quelle que soit la tendresse profonde que notre Ancêtre vouait à Ferré, elle a dépassé le couplet et continué la chanson.

Le temps qui passe c'est un temps qu'on emporte avec soi, au plus profond de soi, on s'y coltine les horreurs de la vie et la défiance de la Fin. Telle une écorchée, Madame D. a vécu ses dix dernières années acceptant la lutte comme un moment de plus, docile comme une chatte aux assauts cruels de son âge et piaillant comme son oiseau la même ritournelle à la face de la mort.

XVII

En plus petit

En plus petit, de plus en plus petit… son corps rétrécit de jour en jour, l'épaisseur se rentre à l'intérieur. Comme un ballon, le volume de tout son être se dégonfle un peu plus chaque jour. Évaporation, disparition. Les côtes apparaissent, telles les arches d'une cathédrale dont il ne reste que quelques ruines asséchées par le soleil de la vie.

L'édifice du corps de la danseuse, hier encore sculpté, fier, gracieux, aux seins bombés, au ventre plein et aux larges hanches, se meut désormais en une figure mi-ligne mi-forme. Ce corps qui défendait son royaume, le royaume des chats, le royaume des chiens, le royaume des mots et du mouvement, a commencé à disparaître dans une spectrale odyssée.

Tout entier il semble descendre vers les pieds qui gonflent de jour en jour, retenant la sève qui nourrissait jadis notre dame plantureuse. Au bout de la cheville deux ballons remplis de liquide prêts à exploser sous la peau-papier à la pâleur diaphane. Le royaume de Meudon fait son chemin de croix au fond du lit sur des genoux cassés, de la sauvage opulence vers la plus impalpable disparition, laissant choir au bord du tombeau deux moignons gorgés de cette vie-là.

Madame D., c'était un rempart qui protégeait tous ses secrets avec la violence des armes de ceux qui n'ont rien à prouver, de ceux qui ont tout, l'argent et suffisamment de présence ou la suffisance de la présence des autres. Aujourd'hui l'armée de la vie a franchi le pont-levis et à coups d'années trop longues a meurtri chaque pierre jusqu'à presque poussière.

Et puis, quand le temps passe trop longtemps et devient trop grand, trop dévorant, quand le temps se fait orage et bourrasques répétées, il ronge la pierre, détruit les tours de garde et assèche les douves, se fait désert, et plus rien ne pousse et tout se replie à l'intérieur du corps.

Les seins s'effacent et collent à la peau, ne dessinant plus qu'une ligne discrète depuis le ventre jusqu'aux épaules. Les fesses s'estompent comme à la gomme, et poursuivent le tracé du dos en une raideur avachie sur le lointain souvenir d'une cambrure féminine. Les pieds se figent au bout du galbe de la jambe et pèsent un âne mort de tristesse de ne plus pouvoir gambader. Le bras se glisse dans la finesse du poignet jusqu'à suffoquer de tant de privation de liberté. Et les cheveux, comme des brins de blé séchés, s'affinent jusqu'au crâne en un champ clairsemé, ne laissant plus qu'une forme entre boule et rocher, imparfaite et bosselée de toutes ses imperfections. C'est le temps de la fin, de la fin de l'âge, de la fin d'un temps trop long pour un corps encore trop là.

Du château de Meudon il ne reste plus qu'une pauvre petite tente, à peine un voile posé sur un lit qui s'accroche encore dans le paysage de cette chambre rose remplie du vide dévorant des années. Plus le corps progressivement disparaît, plus autour de lui tout prend de la place exagérément. Comme une ode à la longévité ou au temps qui s'est arrêté, les couleurs, les odeurs, les mots et même les objets façonnent un interminable rituel de départ vers un au-delà qui ne vient jamais.

Meudon l'agitée s'est réincarnée en Meudon-Madone, véritable temple à la gloire de cette morbide effigie qu'est devenue la Dame au corps rétréci. Les rideaux sont plus roses que jamais, révélant l'effervescente luminosité que l'on trouve parfois aux choses bon marché. L'air est de plus en plus irrespirable, empli d'odeurs et révélant l'inopérante efficacité de nos présences autour de l'invraisemblable Vivante. Les mots encore parcourent la chambre et s'effacent dans l'oubli d'une mémoire absente, et pourtant encore ô combien poétique dans son endurance.

Alors le corps se vide, par-dehors il rétrécit, par-dedans il se déverse. En fluides, en morceaux énigmatiques dignes de films de science-fiction. Un jour, j'ai trouvé une « chose », comme un animal fantastique, entre le poisson et le déchet, translucide et ferme, qui sortait de je ne sais quel orifice, comme si la Dame avait créé une nouvelle espèce d'être, au-delà de la vie, qui est peut-être déjà finie, et qu'une nouvelle forme vivante prenait le relais. C'est innommable cette rencontre-là, avec le débris du vivant que l'on ne peut aborder que par le salut d'une farouche imagination ou d'une miraculeuse cécité de l'instant.

Comment décrire l'insoutenable longévité de la vie quand le corps implore l'inéluctable disparition ? Je traverse son éternel sursis comme une extraordinaire aventure qui m'amène à interroger ce que ce diable de temps inflige. Sommes-nous jamais à la hauteur de la vie qui résiste au-delà du vivant ?

XVIII

L'anniversaire

Un autre anniversaire se prépare, un de plus, le cent septième. C'est-à-dire qu'il y a dix ans, déjà, elle avait presque 100 ans. Aujourd'hui, deux jours avant son cent septième anniversaire, Madame D. me dit qu'elle ne m'aime pas. Qu'elle ne m'a jamais aimée. Tiens, prends ça dans les dents ! Je me dis que si son cerveau lui joue des tours, son émotion est toujours vive. On n'est jamais préparé à l'oubli. L'oubli de vingt années de soins et de partage, de rires, de proximité.

Au presque terme de sa vie mon « Ouh ouh » s'est perdu, je ne suis plus moi-même, je suis aussi disparue qu'elle disparaît. Elle m'emmène avec elle, dans la cale de son cerveau qui a tout oublié. Il ne me reste rien. De moi. De moi en elle. Elle m'aura habitée pendant vingt ans alors que je m'effaçais en elle dans le même temps. Impartial mouvement de balancier qui règle toute mesure à son juste équilibre, entre l'existence de l'une et la disparition de l'autre. Peut-être renaîtrai-je de ses cendres, de mes cendres de Meudon.

Et la énième salade de pommes de terre se prépare et la mayonnaise n'en finit pas de monter. Jack va apporter les homards, les cent septièmes homards de Madame. Tout le petit personnel est invité, à chacun sa bestiole, la seule de l'année qu'on mangera, pour celui qui n'aura pas la chance d'être là aussi pour le jour de Noël loin des siens afin de déguster, à moitié debout entre le service et l'assiette, le fameux homard le meilleur de Paris !

La table de la chambre est dressée, un drap de la Dame en guise de nappe, de ceux qui ont connu les plaies et tout le reste, deux chaises pliantes à moitié déglinguées face à face qu'Olivier nous a gentiment données, des roses et des roses par bouquets aux quatre coins de la pièce, et ce plateau d'alitée qui trône sur une table médicale comme un dernier barreau qu'on aurait rajouté au lit. Médicalisé bien sûr lui aussi. Et le ronron de la télécommande qui redresse le corps desséché sonne le début des festivités.

Elle se tient là, comme elle s'est toujours tenue, avec un maximum de fierté et le port de danseuse élevé, calée sous son monceau de couettes. Elle guette le passage des petits aliments qui lui sont destinés. Sauf que, presque disparue sous la hauteur de la table, la chatte de Meudon est devenue petit oiseau tout cabossé. Il piaille de minuscules « J'ai faim, j'ai faim » en attendant la becquée. À chaque bouchée il gazouille un « C'est bon hein… ? » emprunté à Toto et en redemande de plus belle. C'est que « C'est bon hein… ? » c'est LA phrase de Toto, celle que j'ai entendue pendant vingt ans à chaque dîner. Dès qu'un coup de fourchette tintait l'oiseau s'esclaffait avec un accent de perroquet titi parisien façon Arletty à couper au couteau : « C'est bon heinnnn ? » et dodelinait frénétiquement de la tête pour commencer une jolie danse accroché aux barreaux. C'était sa façon de participer au banquet.

Je ne sais quel fluide de lui à elle peu à peu a filé pour que la cage se soit ainsi déplacée et que, d'âge en âge, autour de la Dame des barreaux aussi se soient dressés, finissant d'enfermer la féline créature dont les plumes ont poussé. Par ses griffes déjà elle en avait l'allure, de cet oiseau qui ne peut plus voler et s'accroche partout. Et par le son de ses « Ouh ouh », aigus et entêtants comme les cris du piaf qui vous percent les tympans, elle avait une prédisposition pour cette transformation. Plus remarquable encore, au fil des années presque un bec a poussé au bout de son nez. Jusque dans les mots et jusque dans le corps le mimétisme s'est parfait.

Dans la chambre à présent cohabitent ces deux oiseaux décharnés, chacun dans sa maison, lui sa cage, elle son lit, tous deux dépendants de nos soins et parlant le même langage. C'est la Conférence des Oiseaux. Il n'y a pas à chercher bien loin le Phénix que nous sommes, il est parfois, aux portes de la mort, dans un piaillement aigu de vie déplumée.

Quant à notre soirée, tout le monde rétréci de Meudon qui tient encore à venir et qui est accepté pour les anniversaires est là : Jack bien sûr, Lola sans nul doute, Victor, Olivier, Lucile – la dernière « aide de vie » arrivée – et moi-même. Le strict minimum. Il y a un air de gravité. La Dame n'est plus présentable. Même, elle l'a toujours crié, qu'elle n'était pas présentable, qu'elle ne voulait personne à son anniversaire. Mais Jack et d'autres aussi ne l'ont jamais écoutée, distribuant les invitations à la célèbre et convoitée cérémonie comme des sucreries que l'on distribue aux enfants.

C'est comme ça qu'on s'est maintes fois retrouvés dans d'invraisemblables assemblées pour fêter chaque année la « dernière année » du 20 juillet. Chacun y allant de son effort pour briller et de sa capacité à piller quelques mots de la Dame ou quelques images de ses jours comptés, on sait que ça peut servir. Et puis il y a ceux qui n'avaient rien à faire là mais qui y étaient quand même, quand d'autres ne venaient pas alors qu'ils y étaient, là, au chevet, tout au long des années.

Pour le centième anniversaire, un acteur avait été convié avec la suave formule appropriée, alors que le médecin, lui, n'avait même pas été appelé – il en a longtemps gardé une certaine amertume. Bien calé sur le cuir du canapé entre Angélique qui n'en pouvait plus de l'allumer et Christophine qui, à moins de dix centimètres, le photographiait sous tous les angles, notre acteur faisait son intéressant. Négligeant l'attirance qu'il suscitait auprès de nos deux joyeuses midinettes à la centaine partagée, le bellâtre prenait des airs d'indifférence sous un sourire qui avait du mal à sortir. Il devait jouer, ce devait être son rôle, tant il était occupé à l'allure de sa petite personne. À moins qu'il ne se protégeât des assauts de liberté et d'obscénité qui peuvent surgir ici, pensant lui aussi qu'un tel spectacle ne pouvait être réel au pied de la reine qu'il avait encensée.

Encore un qui n'avait rien compris. Il pensait que des mots doux et si possible intelligents étaient ce que la Dame forcément attendait. Femme de Céline, quand même ! On est dans le bassin littéraire, on se tient bien. On dérive comme il faut, on n'est pas vulgaire, on n'est surtout pas criard, et on ne se mélange pas. On a des verres à pied, quand même ! Mais non, Monsieur du Corbeau, malgré notre plumage, ici on boit dans des verres à moutarde devenus au fil du temps aussi gris que la maison et aussi opaques que les secrets de ses murs, on n'arrive plus à voir au travers, la lumière ici n'a pas droit de passage.

Et tandis que l'homme faisait son cinéma et que, du coup, tout le monde l'ignorait, préférant définitivement les ébats de cerveaux cannibales aux paroles bien-pensantes, le clou de la soirée fit son entrée. La tribu de Meudon en eut pour son compte ! Voilà le maudit écrivain qui remontait en scène, invité dans le plus grand secret par la sous-cheffe Pascaline. Il débarquait au salon pour fêter sa Lucette comme un preux chevalier revenu des ténèbres où d'aucuns l'avaient enfermé…

Dans notre traditionnelle mais divertissante symphonie meudonnesque en ce jour de fête qui ne l'était pas pour la Dame, une attente interminable faisant pâlir les convives s'installa. Comme un vol de sauterelles qui débarqueraient sans crier gare, les chuchotements fusèrent et couvrirent la pièce d'un souffle mi-inquiet mi-amusé, les regards se mélangèrent. « Vous êtes au courant ? Qui doit venir ? » demanda l'une. « Je ne sais pas… » répondit l'autre. « Vous savez, vous ? » nous interrogea un troisième. Tiens ! le « nous » existe. Tous les yeux nous dévisageaient. Ils savent ! Le petit personnel sait ! Mais le petit personnel, qui n'existe que dans ces moments où il pourrait être utile, ne lâchait rien.

Pascaline se lève, un sourire au coin de la bouche tirée comme un « I » couché, et ses talons de dame sous un ensemble de bourgeoise bien tenue s'en vont trottiner vers la porte d'entrée. « Mais qui donc, à cette heure, vient troubler mon repos ? » grogne l'ogre de la maison, bien opulent de sa grosse personne, de son ventre bien gonflé et de son cerveau bien accroché à son avide existence dans la circonstance d'un monde si petit. Suspense insoutenable… Seuls Angélique, Victor et moi savions ce qui se tramait et quelle était la surprise du chef qui allait nous être livrée, ou plutôt à qui l'on allait servir un bon gros ogre pour dîner.

Tout y passera, on le sait ! Les membres, la peau, la moelle et le cerveau, le tréfonds de l'œil, l'assise, les tables, le poulet et le gâteau, les restes, les odeurs et les silences, et le moindre pli du visage qui trahira sa pensée, tout sera absorbé par un être tout prêt à nous dévorer. Même moi je me dis que je vais y passer. Qu'un jour je découvrirai dans un de ses écrits de quelle façon il m'a assaisonnée. David et Goliath. Hansel et Gretel. On ne sait plus qui mange qui. Et le Petit Poucet, transformé en diable pour la soirée, à force d'avoir semé, a retrouvé le chemin de sa maison hantée. Le serpent est là. Il est revenu !

La porte claque, une autre se referme, le rideau s'ouvre, les battants du salon grincent dans une interminable supplique, et l'homme se plante là, le sourire tout à lui, dévorant par avance l'épiphanie de l'instant qui lui est donnée. Karl fait son entrée.

Rarement j'ai vu Jack plonger si vite dans une colère si contenue. Pascaline quant à elle est en plein quart d'heure warholien. Lola lance un « Bonjour » du haut de ses 16 ans doublé du trémolo de Saint-Germain-des-Prés qui sonne comme un drôle de mélange, aussi déconcertant que déconcerté lui-même. Notre acteur se replie comme un meuble en kit, se disant sûrement qu'il y a des choses, là, dont il ne connaît pas vraiment l'existence.

Et notre serpent serpente et tout léger en terre conquise se glisse aérien vers sa Reine qui n'a rien suivi de la scène. Du jardin aux yeux brillants de son nouvel invité, son visage se tourne avec la lenteur de ceux qui ont déjà tout vécu. Au pied du fauteuil, sur un coin de chaise, l'écrivain s'installe, ignorant allègrement l'arène dans laquelle il vient d'arriver déjà vainqueur. C'est pouce levé pour la Dame, c'est gagné ! Il va pouvoir trôner autour de nos dépouilles au jus de poulet et aux piaillements gênés.

Je me souviens l'avoir vu regarder dans la même direction que sa Reine, vers le jardin immobile du devant, et se laisser bercer comme elle par les manifestations stridentes de Toto. Je l'ai vu voyager en silence sur le chaotique visage de la Dame, faire danser son regard le long du mystique enchevêtrement de plaids recouvrant le corps disparu et entrer en y mettant tout son cœur dans l'intime personnalité de l'Ancêtre pour être au plus près de l'étreinte spirituelle que l'on s'invente chaque fois.

Il était là pour sa Lucette, la vraie ou la réédition en poche de son bouquin, je ne sais pas… Mais il a produit son effet, et, offrant, comme un cadeau à sa Dame, et comme une bombe au salon, son livre dédicacé, il a ranimé les parfums du scandale que chacun désirait éviter. Le travail avait pourtant été rondement mené, par Jack, pour éloigner le renifleur de vermines de la maisonnée. Mais voilà, comme un disque rayé, le couplet sulfureux de Meudon n'en finira pas de chanter. C'est ainsi. Il y a ici comme un air de « déjà-vu », un éternel recommencement du passé qu'on voudrait effacer qui remonte toujours à la surface et glisse vaille que vaille par les fissures de la maison jusqu'au distingué chevet de la Veuve.

Mais, au soir de cette cent septième année, l'horizon s'est brisé dans la chambre du premier. Il n'y a plus d'espoir vers le ciel ou le jardin de Meudon. Les fantaisies du salon sont terminées, les petits-fours ont le goût des derniers. On a beau mitrailler de champagne, les bulles sont retombées. Tandis que Lola est tout occupée avec Jack, nous quatre, domestiques, sommes agités aux fourneaux et aux photos. C'est un nouveau rituel des dernières années où la spécialiste de la Veuve et gravissant les échelons pour l'être du Maître, mais surtout experte de sa propre destinée, s'en va discourir affaires et mondanités avec l'homme aux attachants mocassins troués. Absolument pimpante et pleine de gaieté, notre Lola, qui hier sautillait, en chatte s'est transformée. S'approchant des êtres convoités avec l'air de ne pas y toucher, minaudant dans des châles savoureux et généralement de bon goût, elle miaule ce que l'on veut entendre. Mais on ne peut rivaliser avec son maître. Chatte, Lucette Destouches fut, est et sera, infiniment et sauvagement, par sa gracieuse et indomptable liberté.

Une fois les homards consommés et les coupes vidées, s'il est encore un air de fête dans cet anniversaire-là c'est celui du temps prodigieux de l'adieu qui dure depuis tant et tant de 20 juillet. On fête la longévité de la fin. Cette fois-ci plus que jamais on sait que c'est le dernier.

Jamais autant de photos de son maigre visage caché derrière sa grosse bougie marquant son temps fini, 107, impossible à éteindre pour un souffle qui ne peut plus souffler, n'auront été prises, comme pour consigner les derniers détails de son éternité. On dissèque le moment sur la trame de nos souvenirs comme un bon bout de gâteau qu'on ne mangera plus jamais. On se partage le festin de la bête, abattue sous les « clic » des iPhone et masquée derrière chaque visage se plaçant dans le champ à côté du sien.

Souvenir souvenir, quelle inquiétante étrangeté est venue ce soir s'inviter à la fête ?... Femme du silence, oiseau mourant, chatte immobile, tu es ce soir plus que jamais la proie de notre émotion. Chacun de nous te regarde, abasourdi de tant de disparition et saisi par l'exploit de ton âge qui désormais vit à ta place. Face à ton infini, nous sommes tous devenus de semblables « petites choses ».

XIX

La caresse du chat

Petite chose, toute petite chose sous un grand panier de fleurs.

8 heures. Je me dresse dans mon lit. Quelque chose d'indicible me tire soudainement du sommeil. Je ne vais pas bien. Une angoisse dans la gorge. Machinalement je me prépare pour une autre journée, pareille à la veille. Se lever. Se laver. S'habiller. Jeter un œil dans La chambre. Descendre l'escalier. Préparer le petit déjeuner. Monter. La saluer. Désordonnée dans ma tête, mes gestes sont maladroits, je fais tout tomber. Le café vole autour de moi, la tasse se brise, j'attrape les tartines dans une chute interminable, j'ai mis du jus d'orange dans mon café. Mes pieds sont accrochés à mes cheveux j'ai la tête à l'envers. Fébrile. Je monte l'escalier. Je n'ose pas entrer. Sur le pas de la porte je chuchote.

« Madame D., bonjouuur. »

Le silence est assourdissant. Petits pas, j'entre. Mes yeux fixent la Dame. Son visage tranquille. Son visage clair. Que ses rêves semblent doux. Les chiens se sont tus. Ah oui, ils sont morts. Toto tremble dans un coin de sa cage. Et elle dort, d'un interminable sommeil. Je m'approche du visage.
« Madame D., bonjouuur… »

Je prends un instant pour la regarder. Sa peau se creuse dans son blanc abyssal, la bouche assouplie se raconte des choses de l'intérieur, toute rentrée dans sa cavité. Ses yeux fermés se reposent au bord du pâle rivage. Ce n'est qu'un pas de danse, Violette, un pas de danse de la vie. Comme tant d'autres. Elle va se réveiller. Entrouvrir ses yeux à la vue distordue vers d'autres contrées. Basculer la tête vers mon ailleurs, le monde des tartines et du petit déjeuner. Elle va d'une voix muette me dire : « Bonjouuur mignonne… » Violette, la Dame va se réveiller.
« Madame D… ? »

Toto tremble. La chambre s'arrête. Les rideaux tombent. La maison a fini de s'enfoncer dans le sol. La scène commence. Noyée dans une soudaine tristesse, j'étends mon bras discrètement vers le front. Et je caresse la tête. D'un geste une caresse de chat. Juste le temps de sentir sa peau souple et tiède. La profondeur de la perte. À la manière d'Alice, le corps a fini de rentrer en lui-même comme une longue-vue. C'est devenu une toute petite chose. Une toute toute petite chose sous la caresse du chat.

« Miaouuu… »

Personne. Il n'y a plus personne. Il n'y a qu'Elle, plus qu'Elle dans cet espace rose infini aux tapis rouges élimés. Les petites lignes ont fini de danser, les écorchures, de la plaie, de la vie, et des plaies de la vie, ne la font plus souffrir.

« Je reviens, Madame D… »

Mon cœur va sortir de ma poitrine, de peur ou d'intime douleur, c'est selon. Selon la tâche à accomplir. Qui suis-je ?… La « Ouh ouh » que je suis doit prendre le téléphone. La personne que je suis voudrait faire comme Roxane. Bondir furieusement dans l'escalier et m'installer sûrement au pied de son lit. Recroquevillée auprès de ma maîtresse laisser passer l'orage en tremblant. Arracher à la Maison Grise une part d'humanité. Forcer le passage de mon être à travers l'épaisseur de ma fonction.

Cet effroyable silence qui s'abat sur Meudon agite tous les mouvements de mon être. Je ne suis plus qu'un désordre de vingt années qui s'entrechoquent dans le vide de l'instant. Et tout vole en éclats, les draps, les odeurs, le café, les milliers de tartines et les milliers de gestes pour un seul être. Tout est pris dans un tourbillon d'horreur et d'abandon. Où es-tu, Madame D. ? Tu ruisselles au-dehors et tu coules du premier au sous-sol, tu gémis dans les canapés, tu danses dans les plumes de Toto, tu te tais étouffée sous la couette et voles enfin dans l'escalier que tu rêvais d'affubler d'un monte-personne pour « flotter » du salon vers le ciel… Vole, vole, oiseau de malheur, oiseau en perdition, tu as ouvert ma cage et je me sens abandonnée dans ma maison déplumée. Tu m'as rendu ma liberté et le poids est si lourd à porter.

Je voudrais le cacher, et te cacher au monde entier, et te garder pour moi, quelques instants te tutoyer. Maintenant que personne, à commencer par toi, ne peut me regarder, me voir, me juger, je voudrais vivre un instant Ton trépas, me le garder pour moi. Laisser filer mon inconsolable liberté, découdre sur le sol les derniers fils de la vie, te laisser refroidir tranquillement sur tes gros oreillers, et laisser retomber les années comme un bon gros soufflé, tout raté quand viendront les derniers invités. Ceux qui seront conviés pour la dernière ripaille, autour d'un sac d'os la dernière âme à se partager. Quand ils auront mangé, par ton nom, ta vie, et qui tu es, tout ce que l'on peut sucer de ta renommée, ils retourneront tout gavés et tout abandonnés sur les trottoirs de Paris.

Mais le temps presse, Meudon la Noire s'est réveillée et la maison continue de fonctionner. Avec les appels à passer, l'organisation à mener, et notre rôle de continuer. Alors je m'affaire. J'appelle Olivier, Jack, et l'une de nos précieuses infirmières. J'appelle le médecin, qui me renvoie au 15. Comment un si petit chiffre peut-il me venir en aide face à cent sept années et une mort tout juste sonnée ? Je crois rêver ! Est-ce donc cela le moment d'après ? Un petit 15 à tapoter ? Toute cette éternité pour ça ? Pour une affaire vite à plier ? Enfin, s'il vous plaît, c'est un peu court, messieurs, faites preuve de délicatesse, on a un monument à enterrer !

Je tremblote recroquevillée sur une marche tandis que notre infirmière monte au premier, et me déverse en sanglots quand elle me confirme la chose : « Oui, Violette, Madame D. est partie. »

Et là, c'est l'arche de Noé. J'embarque dans le bateau de ma mémoire tout ce qui me passe sous la main, à commencer par la Dame et son perroquet, suivis des chats et de nos petits habitants meudonnais. De peu nous talonnent tous les mots des vingt dernières années, et les ribambelles de pieds flanqués dans nos canapés. Les cascades de confidences, les rires et tous les moments d'intimité s'installent en soute prêts à manœuvrer, tandis que l'odeur des patates au jus de poulet danse joyeusement sur le pont, accompagnée de gâteaux et de petits financiers. Nos hamacs colorés, de lins, de soies, de cachemires et de myriades d'oreillers, finissent de bâtir notre espace retrouvé. Pour nous tenir chaud la flamme ardente de notre télé se mêle au parfum cramé du liège et des étagères déglinguées. Tissant sur la coque nos fils rouges élimés et nos toiles d'araignée, je dresse à la proue le sablier des jours passés.

Nous hissons la grand-voile rose de rideaux troués, et le souffle amer du fond du jardin et du jardin des secrets s'engouffre comme un siècle de vie prêt à exploser ! Ça y est, Madame D., on part ! Comme au début de mon livre et de mon premier été, c'est l'été de la fin et nous glissons vers la Seine, emportant avec nous et sous votre fière casquette les couleurs de Meudon et l'odeur du jasmin. Le voyage promet d'être long, avant qu'en chemin, un jour je me réveille, seule sur mon arche, enfin libérée, arrivée sur un mont de Paris, celui de Ma maison.

Non, ce n'est pas vrai. Je divague. Juste une escapade imaginaire de ma condition perdue et de ma vie retrouvée. Un délire du corps qui dit « non » quand le temps a fini de passer.

En fait il fait froid, son corps est devenu froid, plus immobile encore, c'est la mer glaciale de toute sa vie. Avec justesse toute chose est venue se réunir en un point, figé, d'un cœur qui s'est arrêté. Et la maison a fini de vibrer. C'est Meudon la Noire désormais, qui mourra elle aussi, quelques mois plus tard, sur son propre échafaud sous les coups des décorateurs et architectes lui refaisant une beauté. Et Madame D. qui était tellement révulsée par les liftings et toute sorte de supercherie censée faire oublier le poids des années… C'est un comble que la vieille pierre ait dû supporter autant d'acharnement à effacer ses aspérités centenaires !

Et bam ! je retombe sur la terre ferme. Jack est arrivé, suivi de Lola. Olivier était déjà là, à partager mes cafés, mes pleurs et mon inutilité. Un médecin légiste ayant eu vent du caractère illustre de la défunte arrive prestement. Il constate le constat, et constate même qu'il pourrait peut-être en tirer quelque chose. D'un chuchotement à peine feint il suggère qu'il serait intéressé pour envisager, peut-être, au cas où, si cela se profilait, de reprendre la maison. Un admirateur de Céline, dis donc ! Un de plus, au bon endroit au mauvais moment. Ça n'arrête jamais ici, les vautours. Quelqu'un viendra toujours gratter jusqu'au sang la plaie même morte du célèbre veuvage. Tout est bon quand on a faim de Céline.

Je me souviens des personnages qui, depuis le portail du jardin, ne manifestaient que de plats sentiments à l'égard de la Dame couchée du premier, pour s'empresser de justifier furieusement et âprement l'étendue de leur passion pour l'écrivain maudit. Certains allaient même jusqu'à me proposer de l'argent pour saisir un cliché de la veuve alitée, me prenant certainement pour la prostituée de la porte d'entrée tant convoitée. D'autres, transformés en cabris dans de vieux impers gris, escaladaient la grille pour ramper sur une terre déjà sèche et hantée. Quand ce n'était pas un défilé de Dalton, du plus petit au plus vieux, qui venaient les mains encombrées de pots de fleurs bon marché, mais cachaient en réalité, sous le flambant apparat d'un beau témoignage de sincères pensées, quelques livres à faire signer… Sans compter les incursions de certains dans la salle de danse et jusqu'au jardin, ou de ceux qui ont retourné le garage à la recherche de je ne sais quel trésor sur un vieux bout de papier.

Le constateur constate donc. Jack fait les cent pas et me demande de gérer l'événement « le plus discrètement possible ». Lola, elle, est abasourdie et ses petits pas sont lourds de chagrin. Moi, je pleure comme toutes les madeleines que j'ai refusées à la Dame et je tournicote autour de mon téléphone. Mais la vie continue, on allume la télé. L'info a fuité. On en parle à la télé, quelqu'un a parlé, comme si Meudon pouvait s'arrêter… Chacun s'affaire à protéger la Dame ou sa propre personne, la discrétion se transforme en sujet et les affaires reprennent. Qui va appeler ? Qui va se manifester ? Qui est à éviter ? Que dire ? Quoi ? Comment ? Où ? Quelqu'un est déjà posté devant le portail… Et la valse reprend son couplet.

Victor nous a rejoints, quelques infirmières viennent visiter la Belle endormie, et je convaincs Jack qu'un petit coup d'Internet pour trouver les pompes funèbres qui auront le privilège de s'occuper de notre Lucette nationale n'est pas une bonne idée. Ce sera Caroline, une de mes amies reconvertie en conseillère funéraire, qui orchestrera avec la plus grande douceur, et bouche cousue comme demandé, le dernier voyage de Madame D.

Alors, sans tambour ni trompette, on emporta le corps légendaire, qui avait encore rétréci, sous un drap blanc, comme un petit paquet prêt à être rangé dans l'armoire de la mort. Et la maison se mit à pleurer. Sur un Toto orphelin, et sur la chambre aux rideaux roses qu'il fallait nettoyer, du parfum du départ et des traces de l'éternité. Il faudrait recevoir, quelques jours plus tard, les derniers invités ! Petits-fours, champagne et maison requinquée pour un ultime gala autour de l'Absente, à qui allait se partager le futur papier, l'éloge qui serait remarqué, l'anecdote à révéler, ou un ou deux chandeliers…

Ainsi, comme lors de nos plus beaux dîners, un triste midi de novembre, les jeunes, les vieux, les fidèles, les officiels et quelques curieux invités ont tourné et tourné autour des tables le long des canapés dans une danse macabre sur le mur abîmé de l'Histoire. Et de notre histoire à nous, domestiques de Meudon, qui avons vu maintes fois se répandre les avides convives sur la terre osseuse des dernières années.

Certains ne sont pas venus, retenus par un déjeuner. D'autres sont apparus, ça faisait un bail qu'on ne les avait pas vus. Et d'autres encore, connus de la dernière heure, étaient fichés là, on ne sait pas pourquoi. Tandis que les fantômes sulfureux de Meudon n'avaient pas été conviés pour la fête à l'Ancêtre ! Mais tout s'est bien passé, vite fait bien plié. Et au terme de la journée les quatre oisillons de Madame, Victor, Olivier, Lucile et moi-même, pleurions sur l'extraordinaire becquée qu'on n'allait plus nous donner. « Mmm… c'était bon hein ? », et de comprendre que déjà, avec le souvenir, même tout frais, commençait le temps de la métamorphose des sentiments.

Victor décida de passer la nuit à Meudon dans les tumultes de l'absence. Et moi, je retournai chez moi, pour la première fois y rester. Je ne saurais dire la violence du retour, quand mes chers enfants me serrèrent dans leurs bras et me dirent : « Maman, ça y est ? Tu vas rester ? Tu n'iras plus à Meudon ? »

Et de déposer sur leurs fronts tout chauds une caresse de chat venant du fond de l'âge qui avait emporté avec lui une si grande part de moi.

XX

Les plumes

« Je voyageais toujours avec mon perroquet, c'était pas çui-là c'est l'autre. Et un jour j'ai un accident avec mon auto, j'l'avais mise sur l'bord de la route, elle a glissé, elle est tombée dans l'fossé. Et alors, la police est v'nue parce que j'pouvais pas ram'ner mon auto, j'pouvais pas la ram'ner, on a am'né une tireuse pour la r'tirer, et alors y avait quelqu'un qui disait : "Chut chut tais-toi… chut chut tais-toi." Alors y a le gendarme qui m'regarde, i dit : "Qu'est-ce que c'est ?" Bah j'ai rigolé, j'ui dis : "Chais pas." "Chut chut tais-toi…" Et là il est devenu écarlate alors j'me dis : Faut qu'j'le calme il va prendre une crise. Alors j'ui dis : "Bah c'est mon perroquet qu'est là." Ça les avait fait rire ! Il a appelé tous les gendarmes, i sont tous venus et Toto disait "Chut chut tais-toi… Chut chut tais-toi… !", parce que j'le f'sais taire tout l'temps ! C'était rigolo ! Çui-là… i fout rien du tout ! i parle pas, i s'en fout ! » Faut la voir, la Dame, raconter la célèbre anecdote sur Toto Premier, le perroquet de Céline. Ses mains s'ébouriffent comme des ailes, ses yeux virevoltent au plafond et, tandis qu'elle mime avec gouaille ce drôle de récit, le paysage prend vie.

« Çui-là », « çui qui s'en fout », c'est notre Toto à nous, Toto Second.

Dans les interstices du liège des murs de la cuisine sont alignées sagement les plumes que l'oiseau a perdues au fil des années. Régulièrement elles disparaissent, et réapparaissent, chacun passant par là emportant secrètement de temps à autre avec lui des bouts de la maison cachés dans les barbes le long du rachis comme des souvenirs agrippés au squelette de la célèbre veuve. C'est que son perroquet aussi est devenu célèbre ! Ne ratant jamais un dîner, notre oiseau a su se faire aimer en plus de se faire remarquer.

C'est la première chose vivante que j'ai aperçue quand je suis arrivée pour mon premier été. Un perroquet gris et rouge assez laid dans une cage dorée qui avait déjà vu passer les années, souillée jusque dans le métal et dégoulinante de poussière et d'essais de produits ménagers. Une belle cage immense qui s'agite au moindre frémissement de la bestiole, laissant échapper des tintements des plus agaçants et un parfum de déséquilibre dans l'air. C'est comme dans le regard de Toto, ce déséquilibre de fond qui vous fait penser à la fragilité des choses. Une coquetterie dans le regard, me direz-vous, toujours est-il que cette particularité donne à la bestiole un air de gangster et vous pousse à voir la vie d'un autre œil. C'est l'œil biaisé de Meudon.

Notre Toto, notre lucarne à plumes depuis le salon, veille sur le dehors et s'agite dans les mouvements de la maison ou des gens. Il trône dans sa grande cage collée à la gigantesque fenêtre à côté du grand fauteuil dédié à la Dame. Ses imitations de grincements de porte, de bruits d'aspirateur, de « Allôôô… ! », ou de claquements de toutes sortes, et son appel strident en forme de roucoulement en deux temps étaient devenus le tempo sonore et vivant de la maison. Et sa phrase, son unique phrase, est une ritournelle qui revient dans ma tête au moindre coup de fourchette : « C'est bon heinnnn… ? »

Mais notre Toto s'est tu à 8 heures un vendredi de novembre, et toute son agitation des vingt dernières années s'est mue en un fébrile tremblement. Plus proche encore de ses barreaux l'oiseau désormais silencieux s'est lové, le bec coincé vers un bout d'extérieur et comme s'allongeant de sa cage vers celle de sa maîtresse, tissant un dernier fil invisible dans un pépiement silencieux. C'est la complainte du perroquet abandonné.

Pendant que la maison pleure et que nous nous agitons, tout à coup un sifflement. Un long, chantant et amoureux sifflement. C'est Toto ! Et je cherche ce qui a pu provoquer ce retour à la vie. Au loin, à peine esquissée derrière les grilles décrépies du jardin de devant, une voiture s'engouffre sagement. C'est Rebecca, une des infirmières de la Dame. La gentille s'installe dans le puzzle des voitures ayant déjà pris toute la place, puis se glisse jusqu'à nous, invisible et discrète au pied de l'escalier.

« Toto s'est mis à chanter. Je crois que c'est pour toi, Rebecca. Depuis qu'Elle est partie il ne bouge plus, ne parle plus. On ne l'entend plus », lui dis-je.

Et de la laisser grimper au fil de l'implorante chansonnette le long de l'escalier jusqu'à la chambre du dernier automne.

Quand Rebecca eut fait ce qu'elle avait à faire, m'ayant glissé au passage son désir d'adopter l'orphelin à plumes, et sa petite voiture tout aussi discrètement repartie, Toto se plongea à nouveau dans le silence. C'était clair, notre oiseau savait désormais où se faire aimer.

Comme si ma tâche n'était jamais terminée, il m'incombait de convaincre Jack, qui au final déciderait du sort et de la répartition de chaque être et de toute chose de la maisonnée. Évidemment, une amie de Pascaline qui vouait une belle amitié à la Dame et au perroquet était pressentie depuis des lustres pour l'adopter, et moi-même, si j'avais eu une place dans ma vie à combler, j'aurais volontiers emporté la cage, l'oiseau et les plumes qui chuteraient encore pendant des années. Mais, pour extraire Toto de cette maison hantée, dans un dernier effort je décidai que Rebecca, l'élue de son cœur, raflerait la mise et aurait le privilège – si l'on peut considérer que vivre avec lui en est un – de lui offrir un nouveau nid douillet. Et comme à Meudon les absents ont toujours tort, il ne fut pas bien difficile d'exaucer la prière du piaf et celle de la douce infirmière.

Pendant que le destin de l'oiseau se jouait, celui de la célèbre dépouille s'organisait. Une liste, trente personnes. Soigneusement sélectionnées. Comme un vaste secret la Veuve allait être enterrée. Le prêtre serait beau – je n'ai même pas compris, en serrant chaleureusement l'homme affable dans mes bras en arrivant au cimetière, que j'étais en train d'étreindre notre très respectable et trié sur le volet homme de foi ! – et les invités silencieux. Rien ne devait venir troubler SON sommeil, ni plus encore le sommeil agité des survivants de Meudon. Ce fut bref. Efficace. Juste le temps pour moi de lancer dans le mémorable caveau sur le cercueil trop grand pour un corps devenu si petit quelques plumes de l'oiseau dans un dernier adieu. « Toto sera avec vous Madame D. »

Et le prêtre de poster, sur les réseaux attitrés, la photo du caveau, enterrant « avec Lucette Destouches le XXe siècle » (rien que ça !). Pour ce qui est de la discrétion on repassera…

J'entendais au fond du grand trou notre Toto dressé sur le cercueil chuchoter : « Chut chut tais-toi… Chut chut tais-toi… » À Elle peut-être, ou à son défunt mari, la furieuse nécessité de toute une vie, enfin réunie dans le tant désiré silence de l'oubli. Il y a des morts qu'il faut faire taire, leur rabattre bien comme il faut le caquet, qu'ils ne viennent point perturber la ronde des vivants, et encore moins régner en fantômes prisonniers des chaînes du passé. L'histoire était donc là, bel et bien enterrée, bouche à bouche chez les Destouches, un ultime baiser pour enfouir à jamais leur sulfureuse et maudite épopée. Et Toto de veiller. « Chut chut tais-toi… »

Il plume dans mon cœur comme il plume sur la ville. Une ombre flotte dans le ciel de mon dernier Meudon. Portail grand ouvert et ailes déployées, c'est la vieille maison grise qui s'est mise à voler. Par les trous, les fenêtres et la porte d'entrée il pleure, ô doux bruit de la pluie, une galaxie d'années. Les sanglots se déversent et le cimetière inonde la funèbre assemblée. Pendant que la Fin continue son ballet, dans les entrailles de cette terre une giclée de roses lancées à la postérité commence à fleurir le prochain jardin de Madame D.

La Veuve n'était plus. À sa place une épouse, une femme, une poussière de Dame, et quelques plumes au bout des pieds sur la couche de l'éternité.

Désormais petite chose, toute petite chose sous un grand panier de fleurs. La Dame repose.

*

Trois mois plus tard, quand la maison fut vidée, prête à être fusillée sous les coups de bonne pioche et d'immobilières considérations, on entendit dans Meudon un petit fracas résonner.

C'était Toto qui s'était effondré. Mort d'un trop grand bonheur auquel il n'était pas habitué.

RÉALISATION : NORD COMPO À VILLENEUVE-D'ASCQ
IMPRESSION : NORMANDIE ROTO IMPRESSION S.A.S. À LONRAI (61)
DÉPÔT LÉGAL : AOÛT 2021. N° 148665 (2101550)
Imprimé en France